U0073835

餘命一年的我，遇見了餘命半年的妳

森田碧

目錄

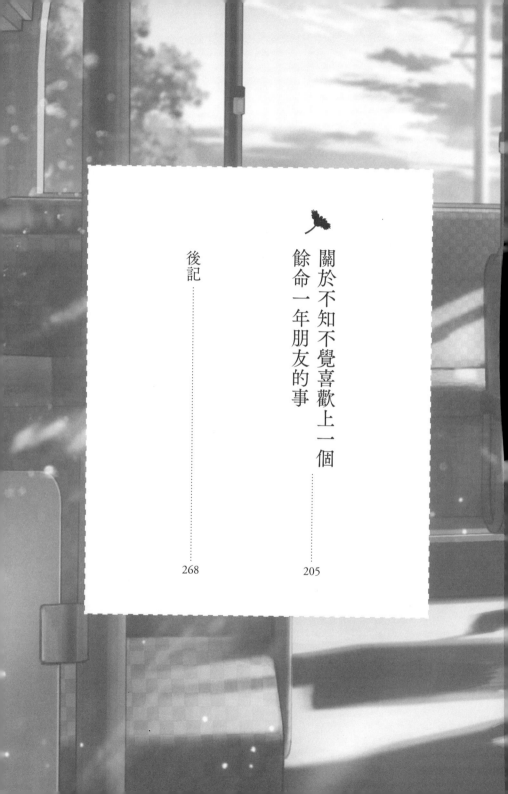

餘命一年的我，
遇見了餘命半年的妳

期間限定之戀

我無意間抬起頭來，看到了緊緊依附在窗戶玻璃上的雨滴。由於我一直待在寂靜的病房裡畫畫，因此完全沒察覺到有雨聲。不過希望至少在出院當天可以有個清爽的藍天。如此心想的我輕輕嘆了口氣，又將視線向下望去。

我重新握好右手裡的筆，在病床桌上攤開的速寫本上面，以輕快的筆觸拉出細細的線條。一隻鳥將大大的翅膀伸展開來，在廣大的天空中自由自在的飛翔。這是我在這間小小的病房內，一個人孤單描繪的畫。

為時一週的住院檢查，終於就要結束。今天也是春假的最後一天。

從明天起，我就是高中二年級的學生。不過與其那樣講，或許應該說「姑且算是高中二年級學生」更恰當。我可不敢保證自己能升上三年級。

我又嘆了一口氣，將目光轉向擺在床邊桌上的時鐘。距離媽媽跟妹妹說要來接我的時間，只剩下十分鐘。我急忙舞動鉛筆。

十分鐘後，終於大功告成。我看了一下自己剛畫完的鳥類素描，點頭肯定。

「算八十六分吧。」我給自己打了一個寬鬆的分數。

給自己的畫打分，是我最近在這裡新發掘的樂趣。住院期間我已經畫了好幾張圖，不過這張分數是最高的。

正當我心滿意足地欣賞著剛畫好的畫時，有人敲門了。在我回應之前，門便被用力打開。

「哥哥，我來接你囉。」

探頭進來的是妹妹夏海。

「秋人，你的身體狀況怎麼樣？行李收好了嗎？」

跟著夏海走進病房裡來的媽媽一臉擔心地說。

「我的身體狀況不錯啊。行李也收好了，隨時都可以出院。」

我用雙手提起兩個分別裝了換洗衣物跟塞滿速寫本與漫畫的紙袋，離開病房。右手的紙袋非常沉重，我有點擔心提把的部分會整個裂開。

「今天去吃壽司吧。秋人，你不是最愛吃壽司了嗎？」

「還好。隨便吃什麼都行。」

我有些煩躁地回答。

「壽司！壽司！」

夏海很開心的接連叫喊。我苦笑著心想，真是個會讓人感到害羞的妹妹。

就在此時，在前往電梯的走道途中，出現了一名少女。

她身穿睡衣，應該是住院的病人。搖曳著一頭光澤長髮的她，走路姿勢相當端莊。雪白的肌膚配上清澈的瞳眸，讓人留下深刻的印象。我的目光不由自主地被她吸引，那水亮的雙眼，似乎正緊盯著遠方的某處。

擦身而過的瞬間，我跟她碰巧四目相對。那一刻，周遭時間的流速似乎也隨之慢了下來。我們實際上大概只對視了一、兩秒而已。即便如此，我還是經歷了一種從未體驗過的奇妙感受。彷彿我與她已互相凝視了好幾分鐘似的。

我眨了眨眼，在她邁步離去之後，時間又恢復了正常的流速。這種感觸真的很難形容。

她將速寫本夾在腋下步行而去。我轉過頭，用目光追逐她。結果，她在交誼廳靠窗戶的位子上坐了下來，接著打開了速寫本，開始畫著某種圖案。

「哥哥？電梯要來囉！」

夏海在走道盡頭對我招手。

「啊啊，我馬上過去。」

我如此說著，往夏海那邊移動。我在轉角處又轉頭回望，她打了個小小的哈欠，一臉愛睏的模樣。

因為住院病人都是長者居多，所以我完全沒想到會有跟我年齡相當的女孩子在這裡。

她為什麼會住院呢？

她在畫什麼畫呢？

在回家的車上，我一直在想那位連名字都不知道的少女的事。

連我自己也不知道為什麼要去想，畢竟只是個擦肩而過的陌生人而已。可從那天起，每當我畫畫的時候，就會想起她。

最近，我呆望著窗外的次數變多了。沒有特別去看什麼，就只是望著在風中搖曳的花草樹木以及似乎正暢快地在空中盤旋飛翔的小鳥。這麼做，可以讓我忘掉不少煩惱。我喜歡這種時光緩慢流逝的感覺。

「喂早坂！別東張西望，專心上課！」

「……是，對不起。」

我將視線從窗外移回到黑板上。被吼了這麼一聲，我突地想起來現在是數學課，科任的山崎老師正在瞪著我。不過，這種事已經無所謂了。因為我沒有未來，就算把數學學好，也沒有任何用處。

我托著臉頰，又把視線移到外面去。櫻花正如夢似幻般地片片散落。

「秋人，你再繼續看外面的話又會挨罵喔。」

「嗯，我知道。」

悄聲提醒我的，是坐在我右邊位子上的兒時玩伴藤本繪里。她對我露出了可愛的微笑後，就又搖著紮成馬尾的秀髮回頭望向黑板。

繪里拚命努力的寫筆記。筆記本上寫著密密麻麻的數字，看起來好像是某種密碼。相較之下，我的筆記本就是整片空白。翻回上一頁之後，頁面上出現的，是我在上課打發時間時畫出來的繪里側臉。我打的分數是六十七分，是張沒畫好的畫。

雖然我沒有那種特別值得一提的興趣，不過我從以前就喜歡畫畫。畫畫跟望著窗外發呆一樣，都能讓我不去想討厭的事。我會心無雜念，默默地把好幾道線條描繪出來，將畫完成。在這麼做的過程中時間會流逝，一節課也會不知不覺的結束。我的學習筆記本，如今已經變成了速寫本。

「好了，今天就到這裡結束。下個月要小考，請記得事先複習今天教的進度！」

山崎老師說完這句話之後，宣告這節課結束的鐘聲便響了起來，今天的所有課程也都上完了。原本回歸安靜的教室一口氣鬧成一片，有學生已經氣勢洶洶的從教室跑出去，也有學生繼續在座位上坐著開始聊天嘻笑。他們正在聊著關於「下個月的小考會怎樣」、「接下來要去哪裡玩啊？」之類的話題。

管他小考還是大考，對我來說都是無所謂的事了。

「秋人，你今天也不去社團活動嗎？」

繪里一臉擔心地向我發問。

「嗯，我今天也直接回家。」

「……這樣啊。」

「那就，明天見。」

在我把書包搭在肩上，準備離開教室時，繪里再度出聲。「喂，秋人」，讓我停下腳步。

「總覺得秋人最近變了。如果你有任何煩惱，我都願意聽你說，你就不用客氣，全部說出來吧。」

繪里以擔憂的表情直盯著我，如此說道。

「謝謝。不過，我沒問題。妳自己社團活動好好加油。」

雖然繪里開了口似乎想說些什麼，不過我沒再理會，轉身離開教室。繪里是籃球社的，我則是美術社的社員。這幾個月，我一直都沒有去社團活動。

「咦，秋人要回去啦？今天你也不去社團嗎？」

這回是在剛離開教室時，被不同班的村井翔太出聲叫喚，又一次停下腳步。他也是我的兒時玩伴，我跟繪里與翔太從國小、國中到高中都是念同一所學校，我跟翔太更早在托兒所的時候開始就是好友。短髮爽朗的翔太跟毫無特色的我不一樣，他非常受女孩子歡迎，而且還是足球社的主將。

「我要回家。總覺得有點累，以後社團活動就都不去了。」

「這樣啊。秋人，繪里很擔心你，說你最近一直都沒精神。出了什麼事嗎？」

「……沒，沒什麼事。那我走囉。」

即便翔太也好像想說些什麼，不過我還是轉身背向他，邁步前進。

我的煩惱太過沉重。如果是跟人聊聊就可以解決的事，我早就找人討論了。話說回來，這本來就不是找誰討論一下，就有辦法可以想的問題。搞不好講了也只會接收到憐憫的目光而已。所以，不管是跟好友還是其他人，我都沒打算說。

我一路走到公車站，等公車來。

抬頭仰望上空，上方是一片萬里無雲的青空，但晴空卻沒能帶給我好心情。我甚至認為反正都在天上，多雲到昏暗的天空或許還比較好一點。

公車站陸陸續續聚集了一些同校的學生，逐漸喧嘩吵鬧起來。看著笑得一臉白癡的他們，我突然滿肚子怒火。

「很吵耶～～去死啦！」

這句話讓我心頭猛然一驚。回頭一望，便看見幾個三年級的學長正在互相嘻鬧。

雖然很想直接回他們一句「別把『去死』這個詞隨便掛在嘴上啦！」，可最後還是把話吞進肚子裡。

畢竟我以前也常動不動就叫別人去死。印象中跟朋友吵架、或是在電玩中打倒敵方角色的時候，我都會把這句話掛在嘴邊。或許正因如此，這些詞彙才在一路輾轉累積之後，反彈回自己身上。

公車到站後，我在安靜無聲的前方座位上坐了下來。因為後面照慣例都會被三年級的學長占據，所以相當吵鬧；也因此，我總是會在位子空出來的時候坐在司機的正後方。

跟往常一樣，我靜靜地呆望著窗外，一成不變的景色正不斷流動，最後在第九個站下車。從下車處再走差不多十分鐘，就可以看到熟悉的家。今天又一下子就過去了，留給我的時間，到底還有多少呢？如今的我，就像是等待死刑執行的犯人。明知近期必死卻不曉得死期到底是哪一天，這種感覺令人相當煩躁。

——餘命一年，能不能活著從高中畢業都還是未知數。

從今天往回推到大約兩個月以前、也就是高中一年級的冬天，我被醫師如此宣告。絕望，這兩個字在我的腦海中不斷盤旋。

仔細回想起來，我從以前就是個運氣滿差的人。或者應該說，我滿常抽到壞運籤的。

比方國小的時候，就只有我的營養午餐麵包裡頭會有針。

國中時跑去參加喜歡藝人的露天演唱會，明明有一大堆觀眾，卻只有我的頭上會有鳥糞掉下來。

而在參加高中入學考時，儘管有那麼多考生，但就只有我被發到的答案卷是整張白紙。其他例子要舉下去更是沒完沒了。

如果去抽籤，抽到的不是凶就是大凶。即便玩手遊，一轉蛋就注定保底。

就連在玩黑鬍子海盜桶的時候，我也是第一刀便捅中了海盜。已經有好幾次跟在空中不停旋轉，表情彷彿在說「是你喔，真的假的？」的黑鬍子海盜大眼瞪小眼的經驗了。

接著高一的冬天，對我來說，最大的不幸到來了。

在這之前不管遇到什麼事，反正也不會死，所以我覺得無所謂，輕鬆認命就算了。但是，這回可沒辦法這麼做。

我又抽到壞籤了。

那是在依然酷寒的二月時發生的事。

我從學校踩著自行車回家，結果半路突然一陣心悸，緊接著便喘不過氣。當我從自行車上下來原地蹲下的時候，一位帶狗散步的阿姨偶然路過。阿姨輕拍我的背，狗也對著我吠叫，不知何時，許多人聚集在我的四周。

「小兄弟，你沒事吧？」

「要不要叫救護車？」

我出聲表示沒事，用手制止了他們，勉強起身牽著自行車，離開了那個地方。

在附近的公園長椅上休息了一陣子之後，我的狀況才穩定下來。因為以前從來沒這樣過，所以回家後我就如實告知父母親自己的狀況，為了以防萬一，他們便帶我去了醫院。

檢查結果，心臟被發現長了腫瘤，是非常罕見的病症，而且由於腫瘤的所在位置與增生情況都很不妙，因此手術難以切除，基本上等於無藥可醫。

「如果我生了病，沒多少日子可活，直接告訴我事實就好。」

這是大約半年前，奶奶罹患癌症接受餘命宣告時，我跟父母親說的話。在父母親正猶豫要不要告知奶奶的時候，我把自己的想法一股腦兒地說了出來。

我當時認為這種時候絕對是坦承會比較好，比起什麼都不知道就死掉，事前知道的話比較能夠做好心理準備去面對接受。我當時是認真這麼想的。可是如今我後悔了。如果沒有聽到就好了，不知道還比較好。事到如今就算後悔，也已經於事無補了。

父母親毫不猶豫的把我叫來檢查室，而我的主治大夫菊池醫師則以平靜的語氣宣告我的餘命。

一開始我並不明白醫生的意思。花了好長一段時間，才察覺到那是對我說的話。老實說，當時的狀況更像是平常在電視劇或電影當中才看得到的場景。

就算我被告知餘命一年，仍然沒有什麼實感。心臟又不痛，呼吸也正常，結果卻只剩一年好活，這種事我完全無法想像。

我以前一直覺得死亡離自己很遠，沒想到如今才十六歲就得面對，實在難以接受。菊池醫師告訴我，雖說宣告餘命一年，但實際上既有存活一年以上的案例，也有在那之前便死亡的案例。也就是說，現在的我不管什麼時候死都不奇怪。

菊池醫師曾經醫治過一名跟我有同樣病症的老人，並告知對方餘命一個月，可是那名老人後來存活了兩年。儘管醫師用「也是有這樣的案例」來鼓勵我，但他並沒有說我救得活。

「秋人，你回來啦。」

我靜靜的走入家門，察覺到我回家的媽媽隨即開口。

「我回來了。」

我低聲回應。知道我病情的人，只有爸爸跟媽媽而已。他們並沒有告知春天後就要上國中的妹妹。即便我死了，這個家還有妹妹夏海。父母親大概是不想讓她覺得孤單吧？

「哥哥，數學我有地方不懂，教我。」

當我爬上樓梯，回到位於二樓的房間並放下書包後，夏海不敲門便直接走了進來。

「喔，好啊。」

我在家都盡可能地和往常一樣行動。父母親會特意顧慮我，給我多一點零用錢，還會問我有沒有想去的地方。我通常會沒好氣的回答「沒有啦」，只要能像以前那樣生活就好。

我盯著妹妹念完書之後，把電腦打開。

『輕鬆死掉的方法』。

我最近一直在搜尋這個關鍵詞。

與其對步步進逼的死亡感到害怕，自己選擇去死不是比較好嗎？這兩個月我不斷反覆思考後，最終得到了這樣的答案。可是，我並沒有尋死的勇氣。今天就去死吧；不對，還是明天死好了。我像這樣反覆猶豫，度過了好幾天。搞不好最後在我自殺之前，心臟就先停下來了。

我關上電腦，在床上躺成「大」字形，茫然地望向天花板好一段時間。

我為什麼會這麼不幸？我一定是全世界最不幸的高中生。一想到這裡，我就控制不住了。如果不做點什麼的話，等下一定會厭世到想哭。

我坐到書桌前，打開速寫本，將前幾天請人幫我買的素描用鉛筆拿出來，繼續畫之前沒畫完的作品。

在完全的黑暗中，朦朧的月亮隱約浮出，底下有一條河流，反射在水面上的月亮則頗具幻想風格，我覺得自己畫得真好。

明暗對比還有一些不足的地方，我補畫了幾條線，進行最後的完稿。

這張畫並不是實際存在的場景，而是憑我的想像描繪出來的素描作品。在萬籟俱寂的房間裡，只有鉛筆疾行時的沙沙聲響。這樣的聲音，帶給我無法形容的舒適感。光聲音就能讓我的內心安寧。畫畫這件事對現在的我來說，就是至高無上的必要時光。

一張少女的臉龐突然浮現在我的腦海，讓我的手停了下來。就是那位在醫院走道上邂逅的少女。她現在是不是也正一個人孤零零的畫畫呢？我放下鉛筆仰頭看著天花板，長呼了一口氣。

第二天，我也搭公車到學校。一到教室就聽到繪里出聲道「早安」，我也簡短地回了一聲「早」。

第一節課已經開始，今天我依舊呆望著窗外，如果望膩了就開始在筆記本上畫圖。我不會特別去決定要拿什麼當題材，一直都是把腦海中突然浮現出來的東西畫下來。

今天浮現在我腦海中的是單眼相機。由於爸爸喜歡拍照，因此我看過好幾次那種相機。我一面回憶著它的模樣，一面仔細地勾勒出細節。畫完的時候，這節課也上完了。只要重複這樣的行動六次，今天的課程便全部結束，我就可以搭公車回家，然後再次重複相同的每一天。

「秋人果然很會畫畫，你打算去念美術大學嗎？」

下課時間，繪里探頭看著我的筆記本這麼說。

「我應該不會去上大學。繪里妳有什麼打算？」

「你不上大學？……我的話還在思考中。」

「這樣啊。反正還有兩年，妳可以慢慢想。」

「說的也是。」

我的狀況其實不是不想去，而是去不了。但我並不打算解釋，對話也隨之結束。

就這樣那樣的，今天也平安無事的過去了。留給我的時間還有多久，我也不清楚。在那個日子來臨之前，我只能靜靜的等待時光流逝而已。

因為已經安排時間要去醫院複檢，所以我在課程結束之後便馬上離開學校，搭上公車。到了醫院以後，我在候診室等了一陣子，等待叫號進去檢查。

在接受了跟以往一樣的檢查之後，我又坐回候診室的椅子上。沒多久，目光便被前方經過的少女吸了過去。

她留著一頭及肩黑髮，五官端正，氣色卻不佳。身材宛如鉛筆一般削瘦。那穿著淺粉色睡衣的女孩就跟之前一樣，單手拿著速寫本，從我眼前緩緩走過。

我知道她。但我不曉得她的名字與年齡，也不清楚她為何會在這間醫院。這是我第二次見到她了。

打從首次見到她的那一天以來，我畫畫時幾乎都會想起她，沒想到她竟然還在住院。

畢竟只有一面之緣，她不可能會記得我。在批價繳費完成後，我就刻意跑去找她。

四樓的交誼廳。有預感她一定就在那邊的我搭上電梯，按下了四樓的按鈕。隨著電梯緩緩上升，心臟也隨之狂跳。我很清楚地知道，那並不是因心臟病而起的心悸。電梯門緩緩打開之後，我走向交誼廳。

她就在日照明亮、陽光明媚的交誼廳裡。坐在靠窗戶位子上的她，正一個勁兒地畫畫。緊張的我在原地動彈不得了好一會兒，而她完全沒有察覺到我，只顧著揮動鉛筆。

是要就這麼回去，還是要試著出聲打招呼？我猶豫片刻之後下定決心，走過去靠近她。

「請問……」

我的聲調不自然地上揚，但她並沒有回應。於是我又再一次開口。

「請問……妳在畫什麼呢？」

這回我把話說清楚了。她把頭轉了過來，眨著那雙大眼，一臉訝異地看著我。我一直以為她應該跟我同齡，但果然還是比我小吧？那抬起眼眸望向我的表情，總感覺有些稚嫩。

在彼此互視了幾秒鐘之後，她回頭向前，原本停下來的手又動起來開始畫畫。看樣子我是被忽視了。但也沒辦法，從她的角度來看，我就像一個會搭訕虛弱住院少女的超級渣男。

我不知道該怎麼做才好，只能繼續呆站在原處。就在我思考是否要再搭一次話時，她先發聲了。

「那邊，你要不要先坐？」

她指著自己對面的椅子，連一眼也沒瞧我就這麼說。我心想，聲音真可愛啊。

我聽她的話坐到了她對面的椅子上。雖說能坐下來是很好，可接下來我們之間便只剩下了沉默。

「請問，妳在畫什麼呢？」

安靜到尷尬的氣氛令我相當難受，只好試圖開口打破沉默。結果她卻以像哄小孩的語氣回答，「再一下下就畫完了，安靜點哦」。

接下來我靜靜等待了差不多十分鐘，她才看了看自己的畫點了點頭，說了聲：「嗯，畫好了。」

「畫好了？」

「嗯，畫好了。」

她說這話的聲調，比前面一句要低沉一些。

「可以看嗎？」

「請看。」

我接過速寫本，看著她剛完成的畫。發現不管構圖還是用色，都宛如相片一般精美。我緊盯著那張畫不放，在心中連連感嘆她居然能光用彩色鉛筆就能畫出這麼美麗的圖。彩虹高懸在廣闊的青空上，幾隻鴿子恣意飛翔。畫的最前方是色彩繽紛的盛開花朵，其後方則有一道河川流過。

「好漂亮。這是實際存在的地方嗎？」

由於畫得實在太美，因此我試探性地如此詢問。若是真實存在的地方，那我一定要去一次看看。

「該怎麼說呢？也許真的存在，但也有可能不是。」

對她的曖昧回答，我歪頭表達不解。

「這個，你認為會是哪裡？」她對我問道。

「……我不知道，不過看起來像樂園。」

我想她一定是以樂園為主題進行描繪的，畢竟光看就很有那種氛圍。

「樂園……嗎。這答案還不壞。不過，有一點不太對。」

「那麼，正確答案是？」

「天堂。」

「……天堂？」

在我反問回去後，她點頭「嗯」了一聲，又補充一句「是我靠想像試著畫出來的」。經她一提我才發現真的很像，可因為我沒去過天堂，所以也不好說。

「我覺得妳畫得很棒，但為什麼要選天堂當主題？」

感覺不是很吉利。儘管我這麼想，不過倒是沒直接說出來。

她一言不發，只是望著在我手上的她自己的畫。

感到有些尷尬的我，不自覺地將速寫本向前翻了一頁。在那一頁上頭又是一幅色彩鮮豔且美麗的畫，然而我看著那張畫，卻不由自主的倒抽一口氣。

青空之下是一片海洋，彩虹高懸於其上。畫的中央有座階梯，是一座通往上空的彩虹色階梯。一名身穿白色連身裙以背示人的少女，正踏著那座幻想般的階梯向上走，彷彿接下來就要走向天堂一般。是一幅令人感到相當不可思議的畫。

「那個女孩子，就是我。」

就在我觀看她的畫時，聽到這麼一句低語。她面無表情的凝視著我。

「啊，這樣呀。怎麼說……看起來簡直像妳等一下就要上天堂的樣子耶。」

我才以開玩笑的口氣這麼說完，她便立刻回答：「沒錯」。

因為她一臉認真，我回應不下去。

「我快死了。」

「咦？」

會不會是我聽錯？快死了，感覺這種話以前聽過。

「妳剛才，說了什麼？」

「我快死了。」

她把同樣一句話重複了一次。

「所以，我才靠想像把天堂試著畫出來。」

她表情不變低聲說。我則又一次將目光移向她的畫。

圖中的那名少女，踏著彩虹色的階梯往上走。而她要抵達的地方，似乎就是剛剛她畫好的天堂。

我說不出話，繼續望著她的圖。這麼重大的祕密，是可以對第一次見面的我揭露的嗎？我覺得相當不可思議。不對，她說不定只是在捉弄我而已。希望是這樣。

「我生了病。聽說是好幾十萬人當中只會有一人罹患的罕見疾病。從小時候開始，我就常常進出醫院了。」

她以平板的聲調如此說完，便把我手上的速寫本拿走再用彩色鉛筆繼續畫。雖然她才剛說過已經完成，不過似乎對那張天堂的圖還有哪裡不太滿意，又畫了好幾道線條加以修飾。

「聽說，我只剩下半年好活。」

她一邊畫圖，一邊彷彿事不關己的說。因為她未免也太從容的關係，所以我從她的話語中感受不到幾分認真。然而她沒有說謊的理由，而且看得出來她的確長期都在住院。

「妳真的只能再活半年嗎？」

「嗯，真的。」

對我的發問，她沒停下手就回答了。

「你呢？為什麼會在醫院？是來找誰探病嗎？」

「……嗯，這個嘛，算是那樣吧。」

「哦，是這樣啊。」

我沒辦法說出口。其實我也生了重病，只能再活不到一年了，這種話我沒辦法像她那樣輕易說出口。為什麼她能這麼處之泰然呢？看起來她似乎不怕死。

「妳不怕嗎？」

「怕什麼？」

對於我的問題，她用問題回應。明明她應該會明白我的言下之意才對。然而，她似乎也不像在逞強的樣子。

「妳可能馬上就要死了，可是妳卻完全沒有怕的感覺。」

「嗯，沒什麼好怕的。因為滿久以前就有人告訴我，我活不了太久，所以我反而在期待吧？比起一直待在醫院，天堂好像還比較不無聊。而且不管是風景還是空氣，都應該比這裡要好得多。」

她一口氣把這些話說完，便將原本繪圖的手停下來，專注凝視著天堂的畫。那一臉淡然的模樣，讓人看不出她的情緒，只見她慢慢闔上了速寫本站起身。

「我差不多該回病房了。」

她望向掛在交誼廳牆上的大時鐘如此說。可能是來探病的訪客到了，或者是要接受什麼診察吧？我也起身站立，目送她離開。但內心其實還想跟她再多聊一會。

「妳一直都會在這裡畫畫嗎？」

如果以後到這裡來還能見到妳嗎？我懷著期待如此詢問。

「不是在病房，就是在這裡。人多的時候大概就會在病房裡畫了。」

「這樣啊。那我還可不可以來看妳畫畫？」

我硬是製造了一個跟她再見面的藉口。

她在沉默了幾秒之後，露出了微笑，說：「好啊」。

「再見。」

她將速寫本夾在腋下離開了。我則搭乘電梯下到一樓，離開醫院。

在回程的公車裡，我一直在想著她的事。她真的只剩半年的壽命嗎？

明明餘命比我還要短，她卻一副悠然獨立的模樣。一般人如果知道自己時日無多，應該都會跟我一樣絕望，對任何事情都會覺得無所謂才對。還是說有問題的人其實是我？

她看起來像已經接受了自己的結局，在思考模式上跟我簡直完全不一樣。害怕死亡的我、跟期待死亡的她，只要去除掉這點不同，也就不會覺得她有多異常。而且那些美麗的畫，不單只是畫得好看而已，更有一種難以言喻的魅力。她的畫吸引了我，她本人也是。

在下了公車回家的途中，我突然想到一件事。這麼說來，我忘記問她的名字跟年齡了。儘管我也很在意她的病情，不過這種事或許還是別問比較好。就算問了我一定也聽不懂，而且她應該不太想談。

我嘆了口氣仰望天空。天空染上橙色，西沉中的陽光照在我的臉頰上。

不知道我還能夠看見這麼美麗的晚霞多少回呢？陷入感傷心情的我繼續前行，感覺上如果是現在，應該就能畫出不錯的畫。

我一到家，便立刻鑽進自己房間，坐在書桌前打開速寫本，翻到新的一頁，毫不遲疑的揮動鉛筆。我只用黑色鉛筆，描繪著前不久才看到的夕陽。

「秋人？你回來了嗎？」

雖然可以聽得到媽媽從樓下傳上來的聲音，但我沒有回應，只是繼續畫圖。我將鉛筆橫放在紙上，來回擦磨筆芯繪製出陰影，又將鉛筆豎立起來描繪線條，就這麼花了大約一小時左右才把畫完成。

可能是因為只用黑色鉛筆描繪的關係，果然缺了點味道，單用一種黑色去表現夕陽的難度真的相當高。不過，就我自己而言還算滿意。每次我都會讚許自己畫了張好圖。八十二分，我打了分數。

我闔上速寫本，望向天花板。以白色壁紙張貼的天花板看起來就像一幅巨大的畫布。

我慢慢閉上眼睛，在黑色的畫布上浮現出來的，便是那名少女。是那名描繪了那些美麗圖畫，我卻連名字都還不知道的少女。下次我還要再去找她。下定如此決心的我睜開了眼睛。

「哥，晚飯好囉！媽媽叫你再過五分鐘就下來。」

妹妹夏海這回一樣不敲門，直接把門打開對著我喊。

「好，我知道了。」

我回應完，夏海便馬上離開房間。

五分鐘後，我走出房間下了樓梯。一到客廳，媽媽就在對面的開放式廚房那邊出聲說：

「對不起，因為漢堡排還沒烤好，要再等五分鐘唷！」。

「咦～～我肚子餓了啦！」夏海在鬧彆扭。

坐在沙發上看晚報的爸爸見到這幅景象，臉上浮現出苦笑。

眼前的一切宛如一齣家庭連續劇。這麼幸福的日常風景，還能持續到什麼時候呢？如果我不在，幸福的家庭日常是否就會毀於一旦？爸爸跟媽媽會為我哭泣嗎？

我一面看著迫不及待拿起筷子的夏海，一面模模糊糊地思考這些事。

五月結束，時序在我注意到時已進入了六月。上學途中見到的那些花花草草日益青翠，讓人實際感受到季節的變遷。來年的五月，我可能就不在世上了；無論是在春夏盛開的花朵，抑或是這片景色，這次欣賞過或許就得永別。一思及此，就覺得平常不會特別停下腳步去注意的眼前風景，如今看來格外可愛。

我一面遠望著茂密生長的花草樹木一面步行，在一如往常的時間到公車站排隊，坐上準時抵達的公車，隨便找個位子坐下。在離自己家最近的公車站上車時，因為時間尚早的關係，車內還是空的。從這裡開始通往學校的路上人會逐漸變多，車子裡頭也會熱鬧起來。

從前還健康的時候，我通常都騎自行車上學。從家到學校騎自行車大概需要三十分鐘左右的時間，途中還有斜坡。斜坡的外號叫「心臟爆破坡」，要到學校就非得通過這條斜坡不可。

即使如此，我原本還是想騎自行車上學，可在父母親勸說下，才無可奈何地改坐公車到學校。對於平常靠自行車行動的我來說，只能沿著既定的路線行駛的公車有點無聊。

「啊，秋人！早安！」

當我從公車上下來低頭走路的時候，繪里騎著自行車從後方出聲叫了我。她從自行車上下來，跟我並肩行走。

「早。」

我瞥了她一眼，就又低下頭讓自己的腳向前邁進。在我的病被發現之前，每天都會跟繪里一起騎自行車上學。翔太則因足球社的晨間練習之類的關係，總是會先一步到校。

「今天天氣真好呢。」

「……是啊。」

「等下數學有小考哦！有沒有用功念書呀？」

「……沒有。」

「這樣啊……」

最近繪里跟我的對話一直都是這個樣子。繪里主動跟我說話，我簡短地回答她。她會說我「變了」的原因之一，可能就是這一點。以前我們之間的對話隨性得多。我並非不想跟繪里聊天，但話一說出口就會感到心痛。可以的話，我想儘量跟她保持距離。

我從小學生的時候開始，就一直很喜歡繪里。自從國小一年級同班以來，我不論在國中、高中都只想著她。可是，如今我已經沒了那樣的心情。為什麼會說不愛就不愛了呢？其實想想也知道原因，就是我的病害的。再繼續暗戀繪里也沒什麼意義。

對任何情侶或夫妻來說，緣分結束的那一天一定會到來，沒有永遠這種東西。這種事就算是我也知道。那麼，問題就在於結束的那天何時會到。正因不知道那一天何時來，所謂的情侶或夫婦才得以成立。可是，我的情況不一樣，打從一開始就看得到結束的那一天。因此，我沒有喜歡人的資格。就算順利跟她交往，也不可能讓她幸福，只會讓她悲傷而已。

而且，我很清楚翔太也喜歡繪里。

於是我放下她，選擇祝她幸福。

「秋人，今天體育課你也要在旁邊見習嗎？」

到了學校一坐在位子上，旁邊的繪里就發問了。雖然違反我的心願，但升上二年級之後我們還是同班，她甚至還坐到了我旁邊。

「……唔，今天也會在旁邊見習。」

「這樣啊。膝蓋還痛嗎？」

「嗯，算是吧。」

我先前隨口瞎扯過，自己在體育課時要在旁邊見習是因為膝蓋不好。而在我說明自己不再騎自行車也是基於這個理由之後，繪里跟翔太就都相信我了。

對於級任老師與體育老師，我則是坦白告訴他們心臟病的事並得到了理解，也對他們表達

「希望別跟其他的學生說」。只是，有關餘命的事情我並沒有講。因為我討厭其他人憐憫我，可憐我的人只要有父母親就夠了。

雖然菊池醫師說稍微運動一下並不會有問題，不過因為我想翹課，所以不管體育課上什麼都在旁邊見習。更何況今天的體育課是長距離跑步，就算沒有心臟病我也只想在旁邊看。

「秋人今天也在旁邊見習？不知道我的膝蓋可不可以也痛一下。」

「秋人真的好令人羡慕喔。」

體育課一開始，班上的男同學們就這麼對我說。我也苦笑著打哈哈將這些話題閃避過去。我在樹蔭底下移動並遠觀他們跑步的模樣。可能是因為今天溫度跟溼度都高的緣故，大家全皺著一張臉，有氣無力的跑著。在距離他們有些遠的地方，其他女同學正在練習短跑。我無意間察覺到，自己的眼睛正緊跟著繪里。夠了，不忘掉她是不行的。沒結果的戀愛就算去談，也只是浪費時間而已。

這一天的時間過得特別快，我還是老樣子用畫畫混過了上課時間。無論如何，我就是提不起勁好好上課，數學小考也理所當然地幾乎全都寫不出來。然而，我也不太在意，反正我馬上就要死了。

在所有的課程結束，我把課本通通塞進書包準備離開教室的時候，被繪里叫住了。

「秋人，等下一起回去吧。」

「可以啊，不過妳的社團活動呢？」

「今天社團沒開所以沒關係。」

繪里露出潔白的牙齒對著我笑。她搖晃著紮成馬尾的頭髮，走在我的前面，飄散出輕柔的甜香。

我們走到了停車場，繪里把書包放進自行車的置物籃後推著車子走，開口。

「秋人，數學小考怎麼樣？」

「完全不會。大概寫了一半左右，接下來就全部空白。」

「喔……這樣呀。」

對話很快打住，我們持續沉默了一段時間。因為跟平常上車的公車站還有一段距離，我感到有些尷尬。

「對了，秋人。」

繪里停下了腳步。

我回頭看她，說：「什麼事？」

「膝蓋痛……其實是假的吧？」

她有些遲疑的說著。

我予以否認，說：「不是假的啦」。

「……是嗎？不過，果然秋人變了。是不是發生了什麼事？你真的就像另一個人一樣。」

「另一個人……」

我像反覆思索她的話一般，喃喃自語著。然後神奇的認同了，或許真的是這樣也說不定。的確我也有感覺，感覺自己生病後，連人生觀與性格都變了，三不五時就會陷入一種「怎麼成了這麼負面的人」的自我厭惡狀態。

「我說，如果有什麼事的話，就說出來吧？」

她圓潤的眼瞳直視著我。被人用這樣的眼神盯著，原本已經放下的感情或許會不由自主的甦醒，於是我轉過臉去背對了她。

「我沒事。」

「既然這樣，為什麼……」

接下來，她什麼也沒有說。為什麼你變了呢？恐怕她是想要這麼說吧？

「抱歉，公車來了，我先走一步。」

我留下這句話，就轉身背向她離開。

其實我想將一切都說出來。我想將這可恨的事實告訴曾經喜歡過的繪里以及好朋友翔太，然後得到他們的安慰。

可是，我同時也有想隱瞞的心思。在目前這種連自己都無法接受的狀態下以實相告，我就不得不面對自己的病情。我還想當個普通的高中生，我不想讓任何人覺得自己是個餘命無多的可憐蟲，就算是我自己也不願這麼想。

我其實還不相信，自己真的馬上就要死了。在內心某處，我一直在淡淡期待著自己該不會還有得救，該不會還治得好。

在走了一段時間之後，我轉頭回望，已經看不見繪里的身影了。

回到家後，我先把速寫本打開又隨即闔上，回顧起自己活到現在的人生。

大約十六年又九個月，這未免也太短，讓我忍不住噗哧一下用自嘲的口氣笑出聲。我到底是為了什麼而誕生的啊？繼續像這樣什麼都不做，就這麼迎接最後一天真的好嗎？

我回想起去年春天，自己跟繪里與翔太三個人去看電影的事。

那部電影是一名男高中生跟一位罹患不治之症的少女的故事。當然最後女主角死了，大致上料想得到的結局也演出來了。

當我們看完電影之後，繪里與翔太痛哭失聲，而看著他們的我則是苦笑著說：「反正只是編出來的故事而已」。

我自始至終，都用一種冷漠的心情審視那部電影。明知少女時日無多，為什麼這個男的還要跟她談戀愛？我莫名覺得不爽。

如果說兩人還有未來的話就算了，但少女短期內必死，等於打從一開始男主角就清楚會迎接怎樣的結局。而且在少女死後，不用想也知道他會深受打擊，那為何還要這麼做？對男主角的選擇，我實在無法理解。

如今想來，我生氣的對象與其說是男主角，還不如說是女主角。她明明快要死了，卻還開朗的像顆小太陽一樣。為什麼不更絕望一點？為什麼還能笑得那麼開心？光想就讓我覺得焦躁。

可能就是心態太扭曲，我才會生病的吧？

記得那部電影的女主角，在死之前將她想做的事一件一件的做完了。

我思索自己有沒有什麼未竟的願望。可是，什麼也想不出來。畢竟我並沒有什麼想做的事情，也沒有什麼想去的地方。

在這種時候，向人求助是最好的。想到這裡，我從口袋掏出了智慧型手機。

『事出突然，我有問題想請教：各位如果知道自己馬上就要死了，最後會做什麼事呢？』

我在某個網路論壇上面，發了這篇貼文。像是疑難諮詢之類的問題，不管是多麼雞毛蒜皮的小事，都可以在這個網站上發表。這裡並不會有明確的回答者存在，任何偶然看到問題的人都能回文。我也曾在空閒的時候瀏覽這個網站，隨便回答過幾個問題。不過倒還是第一次發問。

在等待回答的時候，我畫了好一會兒圖打發時間。

『正在學校操場上長距離跑步中的同班同學』。

我這回以他們為主題揮動鉛筆。因為是在幾個鐘頭以前才看過的光景，我描繪得很順手。果然，一畫起圖來心情就會變得很輕快。我認真覺得，如果沒有這點事情做，我可能早已自我了斷了。

就在我畫到差不多一半的時候，手機響了。我瀏覽螢幕，看到來自翔太的訊息：

『剛才繪里聯絡我了。你是不是有什麼事瞞著我們？』

看到這則訊息，我嘆了一口氣。

『才沒有，你們想太多了。』

輸入文字回覆後，便把手機往床上扔。

幾分鐘後，雖然手機又響了，不過我沒去理會，繼續動著鉛筆。

今天我又度過了一個無用的日子啊。我一面如此心想一面默默的畫圖。

第二天早上，下雨了，因此繪里在我搭上公車之後的第三個公車站上了車。雖然我們目光有交會，但彼此一句話都沒說，她就在我後面的第二排座位坐了下去。

到了學校之後，對我來說只有痛苦的課程就又開始了。以一般的角度思考，我其實沒有去學校的必要。一個馬上就要死掉的高中生還需要在學校學什麼嗎？

不過即使這樣，只要身體還能動，我大概還是會繼續到學校來吧？我想在學校扮演一般的高中生，在家扮演平凡家庭的長子，然後低調的死去。

我呆望著窗外，雨滴緊緊依附在窗玻璃上，讓外頭的景色看起來像是打上了馬賽克一樣。當我思考今天要在筆記本上畫什麼的時候，突然回想起某件事，於是從褲子的口袋裡掏出了手機，並偷偷瀏覽螢幕，努力不讓國語課的科任老師發現。

其實我完全忘了昨天上網發問的事了。老實說，那是個很無謂的問題。我真的只是為了打發時間，基於好奇心問問看其他人死前會做什麼而已。

對於我的問題，有十二筆回應。

『把工作辭了，將存款全部用在想去的地方或是買想買的東西。』

『總之就是一直玩。』

『孝順父母。』

『跟喜歡的人告白。』

『電腦裡頭的東西要是被看到就慘了，所以得先把電腦破壞掉。』

『去國外旅行。』

大多都是這類的回答。

每一筆回應，我在以前都曾經至少思考過一次。

我幾乎沒有存款，也沒什麼特別想要的東西或想去的地方，更沒想過要一直玩。即便想孝順父母，不過這種事就交給妹妹夏海吧。跟喜歡的人告白就不用了，我不認為將感情傳達出去就能不再有罣礙，再說要是被拒絕的話也只會受傷而已。就算不需要對方回應，單方面把自己的心意扔給別人，感覺也是一種自私。

另外我的電腦沒有任何被人看到就很不妙的東西，在我死後，夏海應該能馬上接手使用。我也不認為自己會想去國外旅行，在日本一定更安全。

我看完了十筆回應之後，點進下一頁。

剩下兩筆回應顯示在螢幕上。

『反正都會死，就把討厭的人殺了再死。』

這個我就從來沒想過了。雖然有討厭的人，但還不到想殺對方的程度。不管怎麼說，這都是我無法理解的答案。

『有想見的人，就去見吧。』

最後的回應，是這麼寫的。

想見的人倒是有。我想去見比我大四歲，目前是大學生的表哥以及鄉下的外公外婆。過年時我們都會去外公外婆家玩，不過今年我因為染上流感的關係，只能獨自一個人看家。如果最後能去見外公跟外婆一面也不壞。

就在我思索還有沒有其他想見的人時，腦海中忽然冒出一個身影。

「喂早坂！我要沒收你的手機囉！」

被老師發現的我，連忙把手機收進口袋裡。

「對不起。」

我乖乖道歉，坐在旁邊位子上的繪里則苦笑著看向我這邊。

放學後，我坐上公車前往醫院。我「想見的人」就在這間醫院。

雖然照著別人的建議做事讓我有點不爽，不過我的確想過近期要去見她。自從那天之後，我就一直很在意那位連名字都不知道的少女。她是不是今天也在畫畫呢？她的名字叫什麼呢？就在我想著這些事情的時候，目的地到了。

我下了公車，從今天一早就下個不停的雨已經停了，雲層之間也看得見天空。

我步入醫院，將雨傘插進傘架後便走向電梯。

急急忙忙四處走來走去的護理師、坐在候診室椅子上的病人、陪伴的家屬，我一眼瞥過這些人，在充滿消毒劑氣味的院內豪邁踏步，搭上電梯，毫不猶豫地按下四樓的按鈕。

胸中並沒有像第一次出聲說話時那樣悸動不已，連我自己都有點驚訝，今天心情居然如此平靜。

抵達四樓後，我通過護理站前方，以交誼廳為目標行進。交誼廳在雨才剛停的陽光照耀下相當耀眼。有幾名病人跟看起來像是家屬的人坐在椅子上，不過沒有那名少女的蹤跡。

我在靠窗戶的空位子上坐下，等待她的出現。

然而等了十五分鐘，卻依舊沒見到她。

她一定是在病房裡。結果今天我又把自己所剩不多的時間無端浪費掉了，我後悔地站起身來。

畢竟我不知道她的病房在哪，就算想向護理站詢問也不知道她的名字。儘管如果我說要找一個「總是在這裡畫畫的女孩子」的話，或許會有人知道，可我並不想做到那種地步。說到底，我也不曉得護理師會不會把那個如此嬌小可愛少女的病房位置，告訴我這種怪傢伙。

今天就乾脆放棄，回家去吧。

我按下按鈕等待電梯。從樓下上來的電梯在四樓停住，電梯門打開，我「想見的人」，就在那裡。她單手拿著速寫本，面無表情的看著我。

「啊，是你，又來啦。」

從電梯走出來的她，表情不變的說。對眼前預料之外的發展，我完全反應不過來。

「今天你也來探病？」

「咦？啊啊，是的。來探病。」

我回想到還沒有跟她說自己會一直來這間醫院的理由。我完全忘記曾隨口幫自己定了一個「來找某人探病」的人設了。

「哦……這樣啊。你要回去了？」

「呃……原本是想再請妳給我看畫才到這裡來的啦，不過因為妳不在，所以打算回去的時候正好妳就出現，大概是這樣吧。」

在我一口氣把這段話說完的當下，她有一瞬間露出過笑容，但沒多久就又回到面無表情的樣子。

「今天交誼廳人很多，要來我的病房嗎？」

沒等我回應，她就踏出步伐。

我們通過了護理站前方，轉了一個彎。果然，受到不治之病侵害的少女就該是這樣才對；我在心中如此想著。她的表情缺乏變化，一直都是那種略帶寂寞的淡然表情。像我在電影中所看到的那個女主角的開心笑容，在她的臉上完全找不到，這才是一般情況。我一面自顧自的點頭，一面緊跟在她嬌小的背後，她則在最裡面的病房前方停下來站著，說：

「有家人以外的人進到我的病房來，真的是非常久以前的事了。請進。」

她簡直就像把那裡當成自己房間一樣，在低聲說完這句話之後，便慢慢地打開門。

『櫻井春奈』，病房門上寫著這樣的文字。

裡面只有一張病床，看來是間單人病房。

眼前有一座乾淨的洗手台，病房深處則有一張打理得很漂亮的病床。緊鄰在那張病床旁的窗戶前方還有一台電視機，散發橙紅餘暉的夕陽則在窗戶後方露出一點形影。在病床桌上，擺放了彩色鉛筆跟好幾冊疊在一起的速寫本。

「原來妳的名字叫春奈。」

「啊，嗯。聽說是因為我在春天生的所以取名叫春奈，理由很單純吧？真希望他們能更認真的去想名字啊。」

她坐在病床上，苦笑著說。接著她以不感興趣的神態，不看我就說話了：「你的名字叫什麼呢？」

「秋人，寫出來是季節的秋跟人類的人。我的父母親也說因為是秋天生的，才給我取了這個名字。順帶一提，我妹妹是夏天生的，所以叫夏海。」

她看著我，說了句「是這樣啊」，就輕聲笑了。果然，她的笑容讓我感到有些哀傷。

「那麼假如你是冬天生的，說不定就會叫冬人囉。」

「有可能喔。」

她打開了速寫本。看樣子是全新的，第一頁整面全白，沒有畫上任何東西。

「這本，可以看嗎？」

「可以。」

我伸手從疊在病床桌上的速寫本當中取出一冊並將它打開，裡頭是某個地方的公園跟學校的畫，還是一樣的美麗。

「春奈……小姐的畫，真的很好看啊。有去上過繪畫教室之類的嗎？」

我如此發問，她則搖搖頭，說：

「我沒上過。再說我開始畫畫，也是今年年初的事了。因為在醫院也很閒，在畫畫之前我每天都是在看書，應該已經看了一千本以上了吧？」

她如此說完，又追加了一句話：「還有，叫我春奈就可以了」。

明明才開始畫了不過幾個月，她的畫就遠比從小學時就不斷畫圖的我好看太多。雖然有點不甘心，但眼前的這些畫讓我不得不認命，就算說這些是職業畫家所繪製的畫作應該也會被大家認同。我甚至認為她不該畫在這些隨手翻來翻去的紙上，在正式的畫布上作畫會更好。

「咦，這間學校……」

在春奈描繪的畫當中，有一處我有印象的場所。那就是位於隔壁社區的國中，不會有錯。因為學校附近有一座市立公園，所以我以前常騎自行車經過那一帶。那間學校有一座如今已經是非常稀有的二宮金次郎銅像，我記得金次郎手上的書還缺了一個角。而在她畫中的那本金次郎的書，也是缺角的。

「那間學校，是我以前念的國中。因為我幾乎都在住院，所以對那裡感情不算深，但還是試著回憶出來畫畫看。上一頁的公園也是這樣，是我以前會去玩的附近公園。」

「這樣啊。能把這麼細節的地方畫出來，妳記得真清楚。」

「就朦朦朧朧的，大概是這樣的感覺吧……因為我是一面這麼回想一面畫的，所以說不定也可能有哪裡畫錯就是了。」

仔細一看，學校的畫跟公園的畫中都畫了兩名少女。在學校的畫中是兩名少女相親相愛的上學身影，而在公園的畫中則描繪了兩人一起盪鞦韆的模樣。

「這些畫裡的女孩子，是畫妳自己嗎？旁邊是朋友？」

我如此問道，而她則語焉不詳的簡短回答：「嗯，算是，那樣吧」。

在沉默了一段時間後，春奈舞動鉛筆開始畫畫。對她今天會畫什麼樣的畫感到興味盎然的我，繼續默默地看著她的手。

看樣子，她是在畫海。應該是她小時候跟家人一起去過的海邊。有好幾次她停下了手開始回憶，又有時她會用軟橡皮對細節進行修正再繼續描繪下去。正當她那純白美麗的指尖讓我看得入迷時，春奈忽然將視線移向窗外並說「外面已經全黑了，沒問題嗎？」。她說的沒錯，太陽不知何時已經沉下去了。

「已經這麼晚啦？那我差不多該走了。」

我朝掛在牆上顯示下午七點半的時鐘瞥了一眼，站起身來，看了眼手機，有兩則媽媽傳送過來的訊息。內容是問我怎麼還沒回家，她在擔心。

「那麼，我要回去了。」

就在我如此說完，將書包搭在肩上往病房門走去時，春奈發出一聲「我說……」，把我叫住。

「因為生病生太久的關係，我沒什麼朋友，也完全沒有人來探病。所以秋人你有空的時候如果還能再來看我，我會很高興的。」

春奈第一次對我露出了親切的笑容，應該是敞開心扉了吧？想到這個表情可能就是她往常的真實面貌，我內心忽然一陣刺痛。

對於她跟我而言，能夠打從心底笑出來的日子恐怕都不會再來了，至少對我而言是這樣沒錯。即使往後碰上意料之外的好事，內心大概也無法滿足。如果心臟的腫瘤可以奇蹟般消失的話，我應該就能夠打從心底感到喜悅；但這種事情基本上不可能發生。

「當然，我會再過來的。畢竟我也很在意那些畫的後續。」
「謝謝。真的，你只要有空的時候來就好。」
「我知道了，再見。」
我對春奈輕輕揮了揮手，走出病房。接著在完全回復寧靜的院內踏步前進，離開醫院。跟她在一起，心就會平靜下來。下回要什麼時候去見她呢？明天去怎麼樣？不對，還是隔個兩、三天再去會比較好。當我在回程的公車上遠望窗外時，我那不正經的笑臉也正映射在車窗上。
我在自己家附近的公車站下車，徑直走回家，來自媽媽的第三則訊息也傳送過來了。雖然我先前沒注意到，不過未接來電也有兩通。我一面苦笑著覺得媽媽真的是愛操心，一面加快腳步。

第二天的數學課上，小考的答案卷發回來了。我的分數是四十二分。就算考成這樣，對我而言也不痛不癢，一如所料。我偷偷看到了旁邊繪里的答案卷，她考七十一分，以擅長數學的繪里標準而言，是滿低的分數。
我把答案卷用力揉成一團扔進書包裡，呆望著窗外。我發自內心覺得，能坐在靠窗戶的位子上真的是太好了。如果是在靠走廊的位子或者是正中央的位子，我大概就不能像現在這樣，自顧自地逃避現實。
天氣預報說今天是多雲後陣雨。因為聽說不會下大雨，所以我並沒有帶傘。可是，雲的顏色卻像是會下大雨一樣相當惹人厭。果然還是把傘帶來會比較好。如此後悔的同時，腦中也開始思考其他的事。

在我腦海中浮現的，是昨天春奈那張畫上的學校。記得跟我同班的高田，應該和春奈是同一所國中出身的。有關春奈的事情，高田說不定知道些什麼，等下課時間一到就去問問看。想到這裡，我又被老師用同樣的話罵了。「早坂！別東張西望！」。

等午休時間一到，我就連忙把便當吃完，在校內東奔西跑，尋找比我早吃完便當、已經離開教室的高田。我很少跟他講話，畢竟一年級時我們不同班，而且現在我們的位子也隔很遠。所以，我不知道高田午休時會在哪裡做什麼，不過我大概可以想像得到。他下課時間多半是在看書，我推測他一定會待在能看書的地方，於是就往圖書室移動。果然，他就在那裡。

在圖書室裡，有看書的學生、念書的學生、以及找書的學生等等，人還滿多的。平常完全不看書的我，今天是第一次進到這所學校的圖書室。雖然說起圖書室在我的印象中應該要更清閒幽靜些，不過因為還有學生在閒聊的關係，即使在這裡跟高田講話似乎也沒有問題。於是我在獨自看書的高田旁邊椅子上坐下，出聲跟他搭話。

「高田，我有一點事情想問你。」

高田闔上書本，將臉轉過來看向我。由於我是第一次主動對他說話，因此他露出了意外的表情。

「什麼事？」

他將黑框眼鏡由下往上推，以狐疑的神情這麼說。

「高田，我記得你是青葉國中畢業的吧？你認識一個叫櫻井春奈的人嗎？」

「……櫻井春奈。」

可能對這名字有印象吧，他口中發出「啊啊」聲響，點了點頭，說：

「我曉得我曉得，一年級的時候我跟她同班。」

比起高田知道春奈這件事，我更驚訝她其實跟我是同年級。

「真的嗎？我有很多關於她的事情想問。」

「很遺憾，關於櫻井的事情我幾乎什麼都不知道。因為她身體不好，滿常請假的，所以我也沒跟她說過話。」

「……這樣啊。」

「她怎麼了嗎？」

「沒，如果你不知道的話就算了。不好意思打擾到你看書了。」

雖然先前也沒怎麼期待，不過知道了她跟我是同年級的事，光這樣就足夠了。就在我背向高田準備離開圖書室的時候，似乎記起了某些事的他先是講了句「啊對了」，接著這麼說：

「E班的三浦，我記得跟櫻井的關係應該很好。」

「E班的三浦？」

他說的，應該是跟翔太同班的那位容貌端正、身姿秀麗，頗受歡迎的三浦綾香吧？

聽說有不少男生暗戀她。

「沒錯，她也是青葉國中畢業的，不過我沒跟她講過話就是了。如果想知道櫻井的事，問她最適合。」

「這樣啊。謝謝，我知道了。」

在我道謝過後，高田將眼鏡由下往上推，翻開文庫版書本開始繼續閱讀。雖然這是我第一次好好跟他說話，但聊過之後意外發現他人滿不錯的。我離開圖書室，沿著來時路線走回去。

原本我這回打算前往E班，可此時宣告午休時間結束的鐘聲也響了。沒辦法，只好回自己的教室。

放學以後，我為了詢問春奈的事，拎著書包往E班走去。無意間我忽然心生疑問，為什麼我要做這種事？難道跟我去畫畫的理由一樣，如果不找點事情做的話就會開始胡思亂想嗎？

對，這只是為了要忘掉自己的病情而已，我如此說服自己。絕對不是因為在意春奈，才想瞭解更多有關她的事。

在E班教室前，我剛好碰到了正打算去社團活動的翔太。

「喔？秋人，怎麼啦？」

「啊，沒啥，我有一點事情找三浦。」

「找三浦？」

翔太露出意外的表情，睜大雙眼。

「對，也不是什麼重要的事。」

「我想她應該還在教室裡，你稍微等一下。」

翔太如此說完便走進教室裡，隨即又走了回來。他帶著一臉不太高興的三浦過來，說：

「那麼，我就去社團活動啦。再見囉秋人。」

翔太舉起單手離開了。

「所以，你有什麼事嗎？話說，你是誰？」

三浦以略帶無奈的口吻如此說。她搞不好是誤會了，畢竟她太常像這樣被找出去。我聽說找她告白，然後被秒甩的男生可不少。

「我有點事想問妳……」

「什麼事？」

就在我以為她那雙大眼睛要一直瞪著我看的時候，她又隨即低下頭去，一臉無趣地擺弄著長髮的髮梢，態度上彷彿在表達「有話快說」似的。那動作不知為何，總給人一種誘惑感。

「呃，妳認識櫻井春奈吧？就是跟妳念同一所國中的。我來這，是因為聽說妳跟她關係非常好。」

說到這裡，她看著我的眼神整個變了。不知道她是在生氣還是在驚訝的我，往後稍微退了一步。

「我說你，為什麼會知道春奈的事？」

我又後退了一步，才開始說明自己去醫院時偶然與春奈認識的經過。三浦說了一聲「這樣啊」，便回到教室。正當我焦急的覺得這對她來說會不會是ＮＧ話題的時候，她帶著書包從教室走出來，說：

「我們等下一邊走一邊聊吧。」

三浦將書包搭在肩上，沒等我回應便邁步前進。感到些許疑惑的我，緊跟在她身後。

「她……還在住院嗎？」

走出校門的時候，三浦才終於開了口，那憂鬱的語調聽起來有些哀傷。

「她好像一直都在住院。妳沒有去探望過她嗎？」

我記得春奈曾經感嘆過，她沒有朋友也沒有其他人來探病。

「我最後一次去探病，是國中畢業典禮結束之後的事。春奈在畢業典禮前差不多兩個禮拜的時候突然身體變差，就住院了。」

「原來如此……」

「她當時哭了。因為她曾經很努力的想讓自己至少能夠出席畢業典禮。那次就是我跟春奈最後一次碰面。」

「為什麼妳們後來沒見面了？」

對於我的詢問，她沉默了十幾秒之後才回答：

「沒什麼，沒有特別的理由。因為升高中以後就有很多事情要忙，像是念書、或是打工之類的。」

「……這樣啊。」

我覺得這些話都是藉口，但我沒有說出口。春奈應該是更希望看到三浦，而不是我這種人去探望她才對。想必她現在一定也在病房裡，一個人孤單的畫畫。

「我之後要去打工，再聊囉。」

我在這一段路的過程中，總算從三浦那邊問到了春奈的事。接下來，她走進了鐵路車站前的百貨公司。記得曾經有人跟我說過，三浦在這家百貨公司裡的速食店打工。

由於來到這裡在方向上跟以往去公車站搭車的路線完全相反，因此我只好無奈踏上長距離的回程。回程路上，先前在擔憂的雨果然還是下了，於是我稍微加快腳步走向公車站。

回程的公車上，我在腦海中反覆思索著先前跟三浦的對話。她們兩人從幼兒園的時候開始就認識了，而且不論是國小還是國中都是念同一所。春奈因為身體虛弱時常請假，真的沒有什麼朋友。

據說春奈國中剛入學還不到兩個月就住院，出院已經是半年後的事。此後春奈不斷地出入醫院，在醫院的朋友似乎還比在學校的多，而這些在醫院交到的朋友，每一個都比春奈早出院，然後就沒聯絡了。只有三浦，是春奈唯一的朋友。不過即使是這樣的朋友，如今也已跟春奈疏遠。只不過我不清楚理由就是了。

另外，她也告訴我有關春奈病情的事。雖然不知道病名，但總之是罕見的疾病。三浦說沒有根治方法也沒有特效藥，是相當難搞的病。比這更深入的事情，她也就沒再跟我說；而她似乎也不知道，春奈的餘命無多這件事。

我忽然回想起春奈所描繪的畫。在春奈所描繪的畫中出現的另一名少女，該不會就是三浦吧？她畫的該不會是兩人一同上學、以及兒時在公園玩的回憶？說不定她是特意將那段不會再有的日子描繪了出來。

我走下公車，沒多久就在路上碰見了夏海，她似乎剛結束管樂社的活動正要回家。因為雨已經小非常多，所以也不需要撐傘。

「哥哥，總覺得你的表情很哀傷。」

夏海湊近過來看我的臉後說。

「沒這回事。話說回來，妳在國中還好嗎？習慣了嗎？」

「嗯！我交了朋友，社團活動也很有趣！」

夏海快活的如此說。

「這樣啊。那念書的情況怎麼樣？」

我問了這句話之後，夏海只低吟了一聲「唔嗯～」。夏海從小學開始就不太擅長念書，一直都是我在注意她的念書進度。

「算了，不懂的地方我會教妳，有問題隨時都要說喔。」

「嗯！我會的！」她如此說完後，便天真的笑了。

等我死後，夏海就變成孤單一人了。沒了我，她會不會有問題啊？

不過，夏海一看到家就飛奔而去的活潑身影，讓我的擔心瞬間消散。

我的腦中又開始被春奈的身影所盤據。下回，我要什麼時候去見她呢？是不是該帶點什麼伴手禮去會比較好？

我一面凝視著夏海越來越小的背影，一面迷迷糊糊地思考著這些事情。

無意間想起來，我在受到餘命宣告之後已經又過了四個月；也就是說，留給我的時間只剩八個月。感覺真的很不真實。雖說是心臟病，可對我來講頂多就是長距離步行時偶爾會喘不過氣的程度而已，胸口一帶像是疼痛或呼吸困難之類的狀況，連一次都沒有發生過。

我已經上網查詢過好幾次自己的病情了。

以結論而言，所謂心臟腫瘤，指的就是發生在心臟部位的癌症。心臟癌這種病名，其實我從來沒聽說過。不過那也是理所當然的，畢竟一般情況下心臟很難罹癌。即便還有諸多說法，但據說心臟內部是體內溫度最高的地方，癌細胞在其中會壞死；然而，還是會有極少數發生惡性腫瘤的案例。可見我運氣實在有夠差。

而且恐怖的是，我的病或許會讓我猝死。所以，在我跟家人道聲晚安沉睡之後，下次醒來的地方也有可能不是在平常的床上，而是在某個我不知道的遙遠場所。我正時時刻刻地將一顆不知道什麼時候會爆炸的炸彈，揣在自己懷中。

我深深地呼吸了一次，把手放在自己胸口的前方並閉上眼睛，可以聽得見噗通、噗通的心跳聲。這聲音聽起來，簡直像在為我的生命進行倒數計時。

在我到學校一如往常的走進教室時，不知為何總覺得有陌生的視線襲來，有人在偷看我，低聲說著悄悄話。

「秋人，大家都在傳你跟E班的三浦告白了。」

我一坐下來，旁邊位子上的繪里就這麼說。

「我沒有。」

「怎麼說，還有人在討論你是不是告白成功了。聽說有人看到你們一起回家。」

昨天離校途中感受到的奇妙視線，原來是這個原因。我終於理解了。三浦確實是美女，但不是我的菜。我不太擅長跟強悍的女孩子相處。

「我只是有一點事情找她，在回去的路上跟她一起走而已啦。」

我如此說完，便打開已經變成速寫簿的筆記本上開始畫畫。

雖然不知道流言是誰傳的，不過倒也無所謂。放學後去見春奈這件事還比較重要。我一面在筆記本上描繪今天剛見到的流浪貓，一面如此想。

這天體育課我依舊在一旁見習，其他課則是畫畫圖、望向窗外打發時間。下課時，可能是因為講過一次話就被認定是朋友了吧，高田主動過來搭話。

「嗨，昨天你跟三浦說上話了嗎？」

他將眼鏡由下往上推之後，如此說。

「有，託你的福。」

「那就好。」

他講完話後又一次將眼鏡由下往上推，然後才回到自己位子上繼續讀書。我一邊心想其實他可以買一副稍微符合自己臉部大小的眼鏡，一邊再度開始畫畫。

放學後，我走出學校，搭上了跟自己家相反方向的公車。

我最近的零用錢幾乎都用在搭公車上。儘管從自己家到學校的路段有定期票可以用，可是這以外的路線就要自掏腰包。我上高中之後，每個月的零用錢金額是一萬日圓。以前即使跟媽媽拜託要預支零用錢，她也會說我每次都亂花錢所以不准；但自從我生病之後，媽媽便一反常態，溫柔地告訴我，零用錢不夠的話隨時要講。我也順從這份好意，上個月除了零用錢以外又多要了兩千日圓，所以經濟上不會有問題。我想去買花送給春奈，於是先去花店。

我在最接近醫院車站的前一個站下了車。由於我常不自覺的望著窗外，因此我知道，一下車的地方就有一間花店。

那是一間小小的花店。許多色彩繽紛的花並列在店鋪前方，舒服的作著日光浴。到花店這種地方來，在我人生當中可是第一次。儘管猶豫，但最終還是伸腳踏入店裡。

一進店，濃郁到甚至有些刺鼻的花香便撲面而來。我在整齊並列的花朵中慎重挑選。完全沒有花卉相關知識的我並不知道要選哪一種花比較好，只能在店內漫無目標的來回踱步。

一名身穿深藍色圍裙，看起來相當溫柔的四十多歲女店員正在捆綁花束，應該是有訂單要處理吧？她只瞧了我一眼，沒有對我說任何話。

我原本以為對方會跟服裝店之類一樣，馬上出聲說：「請問您想找什麼樣的花呢？」因為我只想著要回答「打算帶花去朋友那邊探病」，所以現在反倒不知道該怎麼做才好。總之我先伸手拿了一盆看起來還不錯的粉紅色花卉。

就在我一邊有些驚訝的心想「花原來這麼貴嗎？」，一邊走向收銀檯的時候，女店員停下手來對我微笑。

「我看您選的很專心，是要當禮物送給女朋友嗎？」

「不是，我是想帶花去朋友那邊探病。」

「哎呀，這樣的話別買這種盆花比較好哦。」

她看著我擺在收銀檯上的盆花開口。我所挑選的，是種名叫「天使花」的盆栽。

「所謂的盆花呢，因為有扎根的關係，所以一般會讓人聯想到『在病床上扎根』，不怎麼吉利唷。」

「……啊，這樣呀。」

我迫不得已，只好重新挑選。正當我在煩惱的時候，她冒出一聲「對了」之後離開收銀檯，將一種色彩鮮艷的花推薦給我並說「這個怎麼樣？」，這種花有橙、粉紅、黃等各類顏色，是相當美麗的花卉。

「這個，不錯耶。」

「這種花叫非洲菊，要探病的話推薦帶這種花過去。」

「那麼，我就買這個。」

「好的，您要買幾朵？」

「嗯～四朵……不對，等一下。」

似乎曾經有人說過，帶有「四」的數字並不吉利，因此我沒再說下去。如果買三朵好像有點太少，但數量太多的話價格也會變貴。

「請給我五朵。」

我伸出右手，在自己臉前用力張開，如此說道。

「五朵嗎，顏色想要怎麼配？」

「那就，粉紅色吧。」

在我膚淺的想法裡，總覺得女孩子應該都喜歡粉紅色，於是選了自認相對安全的顏色。

「粉紅色非洲菊的花語是『崇高美』，非常適合送給您重視的人。」

「不好意思，果然還是不選粉紅色了。」

這種事希望妳一開始就先講。總覺得有些不舒服，讓我有些遲疑。

「這樣的話，您想要配什麼顏色？」

「請告訴我其他顏色的花語。」

「這個嘛，紅色是『燃燒的神祕之愛』，橙色是『冒險心』跟『堅忍』，黃色是『究極之愛』，白色則是『希望』跟『循規蹈矩』。」

「唔～～原來如此。」

紅色跟黃色都先避開，在用消去法排除之後，留下來的選項是橙色跟白色。『希望』的白色好像不錯，可總覺得去探病只送白花也很無趣。

在我正煩惱時，店員說：「對了對了，非洲菊的集體花語是『希望與前進』。」

「那麼，請給我每種顏色各一朵。」

我離開花店，走向醫院。之前從沒想過光是買個花就要這麼辛苦，原來帶花來探病的人，都是好好思考過才買的，我對那些自己不認識的人感到欽佩。

抵達醫院後，我踏在乾淨清潔的米色油氈地板上，搭上電梯並從四樓走出去，經過護理站前往交誼廳。可那裡並沒有春奈的身影。

那應該在病房吧？我沿著來時路線走回去，又一次通過護理站前方，並走向她的病房。我敲了敲病房門等待她的回應，可是，我等了十秒、二十秒之後依舊沒有反應。於是我又敲了敲門，然後抱著做壞事的心情，將門稍微打開一些來看看。

春奈正躺在病床上。雖然我見狀有點想打道回府，但心底其實更想去擺花，於是便走到裡面去。她一聲不響的靜靜睡著。

儘管這麼說很不吉利，不過全身肌膚蒼白到彷彿自出生起便從未曬黑過的她，看起來就像是死了一樣。病床桌還是老樣子，好幾冊速寫本疊在一起擺在上面。

因為洗手台上有空花瓶，所以我裝了水，並將五朵非洲菊插進去。我將花瓶放在桌上，再於病床旁邊的圓凳上坐了下來。由於她沒有要醒來的樣子，因此我伸手將速寫本拿過來打開。

這一本速寫本裡，有上次我來的時候她正在描繪的海之圖畫。青空中有白雲，耀眼的太陽底下是翠青色的海，就連白色的海浪也描繪得非常細緻。在略帶黃色的沙灘上，豎立著一把彩虹色的遮陽傘，遮陽傘下方有兩張白色的椅子。

她的畫果然很美。美到讓人想將這一頁剪下來，裝飾在房間裡的程度。而下一頁，也是她新畫出來的作品。

在她醒來以前，我就在空白的頁面上畫圖。我環視四周，思索著要畫什麼，在略作苦思之後，選擇用我帶過來的非洲菊當主題。我用擱在一旁的彩色鉛筆迅速畫下去，在差不多十五分鐘以後將畫完成。七十八分吧？我給了還可以的分數。

我平常畫圖時並不會用彩色鉛筆，可令我意外的是上了色之後感覺也不壞。我畫得還滿好的呢。正當我對自己的作品感到心滿意足的時候，春奈醒了過來。

「……秋人？」

她一面揉著眼睛，一面從病床上起身。

「啊啊，抱歉。因為妳睡著了，所以我原本是想要回去的。」

「沒關係，你又過來看我了呢，謝謝你。你畫畫了嗎？」

「嗯，擅自用了妳的速寫本，很抱歉。」

「沒關係的。你畫了什麼呀？」

我將速寫本交到她手上。

「是花？秋人，你畫得真棒。」

「是嗎？」

跟春奈的畫相比，我的畫就像是小孩子的塗鴉一樣。她在看過我的畫之後，注意到擺在病床桌上的非洲菊。

「好美麗的花。是你帶過來的嗎？」

「嗯，對呀。聽說是一種名叫非洲菊的花，而且還有『希望』或『前進』之類的花語。」

我將剛才從花店阿姨那邊聽來的知識，照搬過來現學現賣。

「是這樣啊，希望嗎？」

春奈伸手拿了一枝橙色的非洲菊，神情淡然。

看到她這樣子，我為自己是不是買錯花而感到不安。仔細想想，對她而言並沒有所謂的希望。送幾個月以後確定會死的人希望之花，實在很失敗。

我跟她立場相似。換作是我，如果收到希望之花，一定會直接扔掉。或許我這種作為，已經冒犯到她也說不定。不知道她現在會露出什麼樣的表情？我怕到不敢看。

「謝謝你。我非常喜歡花，能收到真的很開心。」

我抬起頭來，看到春奈溫柔的微笑。然後她的表情就又迅速回復，回復成跟以往一樣的面無表情，看起來也略顯寂寞。

看來似乎是我杞人憂天了，我鬆了口氣。

「話說回來，妳知道高田嗎？就是跟春奈念同一所國中的那位，現在他跟我同班。」

「高田？」

春奈如此說完，便朝斜上方張望，思索起來。

「我記不太得了。話說秋人，原來你跟我同年級。本來還以為我是大姊姊呢。」

這點倒是也頗令我意外。畢竟之前一直覺得春奈的年齡比較小。

「不光是妳驚訝而已，原本我也覺得自己才是大哥哥。」

我如此說完，春奈便有些氣惱的瞪著我看。

「那麼，妳知道三浦嗎？三浦綾香。雖然跟我不同班，不過我聽說她跟妳關係很好。」

春奈睜大了雙眼看著我。看上去似乎想說些什麼，但又立刻閉口。

「怪了，妳應該認識吧？」

因為她陷入沉默，我又問了一次。

「嗯，我認識。」

「在妳的畫中出現的另一名女孩子，難道就是三浦？」

我如此問完，春奈又一次陷入沉默。她低下頭，彷彿在思考些什麼的樣子。該不會問到了什麼不方便講的事吧？正當我打算換個話題的時候，病房門比我的嘴還快打開了。

進來的是一位年約四十二、三歲的美麗護理師，大概是來確認春奈的身體狀況。為了不造成妨礙，我站起身來靠到了牆邊。

「哎呀，是朋友？」

「對，他是來探病的，名字叫秋人。」

「是嗎？有朋友來看妳，還滿稀奇的。」

「嗯。」

護理師忙碌地檢查春奈的點滴，並將日常用具的備用品妥善擺置。我一面看著她敏捷的動作與熟練的工作姿態，一面心中隱隱感到佩服。

「如果有什麼狀況，就馬上按呼叫鈴。」

護理師留下了這句話便走出病房。

可能是因為長久過著住院生活的關係，總覺得她們之間的對話語氣還滿親近的。

「剛剛那位，是我的媽媽。」

春奈有些不好意思的說。

啊啊，原來如此，完全可以理解。在父母親工作的醫院中住院，某些層面上是比較方便。

「原來是這樣。的確，經妳這麼一提，妳們長得看起來的確有點像。」

「大家都這麼說。對了，秋人你也喜歡畫畫嗎？」

春奈一面說著，一面翻到了速寫本的新一頁。

「嗯，算是吧。我國中跟高中時都有參加美術社，雖然最近幾乎沒去了。」

「是這樣嗎？那麼，大學的時候你會去上美術大學嗎？」

這個問題，到目前為止已經有很多人問過了。繪里跟翔太，還有美術社的朋友都有，自從受到餘命宣告之後，我只要被問到便會隨口糊弄過去。

「……呃，有這個計畫。」

「是這樣呀。當畫家是你的夢想嗎？」

「嗯，當得上就好囉。」

「這樣啊。」

我將從未想過的事情脫口說出來了。到目前為止，我從來就沒有想過要當畫家。這跟我的餘命沒有關係，本來我就沒有去念美術大學的計畫。只是因為喜歡才去畫畫的。以前只覺得如果能考上一般的大學，之後進入還不錯的公司就行。不過現在，也沒必要去想那些事了。

春奈用彩色鉛筆開始畫畫。

雖然很想問她跟三浦之間發生了什麼事，不過我還是就此打住並站起身。太陽已經下山，我得趕快回家才行。如果不早點回去，媽媽又會打好幾通電話或傳好幾則訊息過來。

「那麼，之後我會再來的。」

「嗯，難得你來看我，我卻睡著了，對不起。我會等你的。謝謝你的花。」

春奈笑的時候眼梢是彎下去的。她對我揮了揮手。

我也揮手回應，接著走出病房。

第二天的課堂上，我回想起那個網路論壇。

我最喜愛的那個回答是『有想見的人，就去見吧』。這種事我做得到，可是春奈做不到。就算她有想見的人，她也不能去見。她只能一心一意的等人過來見她。

她先前說想早一點死的理由，我也不是不能理解。

從小的時候開始就一直住院，想去的地方都沒法去，想做的事也沒法做。對她而言，醫院恐怕只是一座舒服一點的監獄。春奈已經在醫院度過了她絕大部分的人生，還受到了餘命宣告。就連我也無法想像，那會是多麼難受的事。

雖然在餘命無多這一點上我們差不多，但我有自由，我跟春奈光在這一點上就有相當大的落差。

春奈如果有想見的人，我想把人帶到她的病房去。或許這麼做是多管閒事，但她一定也有想見的人吧？

我一整天都在想這檔事，所有課程也在不知不覺間結束了。

放學後，我直接往E班走去。

春奈想見的人，一定就是那個強勢的美少女。儘管我不清楚她們兩人之間發生了什麼事，可我打算說服三浦去見春奈。因為只是去以前的朋友那邊探病，所以應該不會有任何問題吧？

我抵達E班的時候，三浦正帶領她的三個女跟班從教室裡走出來，她們似乎正聊著「要不要去K歌」之類的話題。

三浦在視線跟我對上之後，停下了腳步。

「呃，你叫早坂吧，有事嗎？」

「關於春奈的事情，我有話想跟妳說。」

我才說完這句話，她就很刻意的嘆了一口氣。

「抱歉，妳們先走。」

三浦輕輕舉起手來，對她那幾個女跟班說。而她們則是直盯著我的臉看，露出不懷好意的笑容後離開。

「然後，你有什麼話要說？」

三浦擺弄著她那頭長髮，以不起勁的語氣說著。這大概是她的習慣動作。

「我希望妳去春奈那邊探病。」

「探病？為什麼？」

「什麼為什麼，妳們是朋友吧？她一直希望妳去看她啊。」

「……這話，她有這麼說過嗎？」

「呃，她是沒說，不過她大概會希望妳來才對。」

「搞不好她並不希望我過去啊。」

對於她的反駁，我完全無法回應。的確春奈從來就沒有說過她希望三浦來，只是我擅自以為她一定會這樣想而已。

「算了，之後我會去的。你話說完沒？如果說完我就要回去了。」

我抓住了正打算離開的三浦手臂。

「之後？」

「幹嘛啦，說了之後我會去啊？」

「什麼之後，妳不知道嗎？春奈她……」

我把「馬上就要死了」這句話吞了下去。三浦八成不知道這件事。

「怎樣？如果有話想說就說清楚。」

三浦甩開了我抓住她的手，瞪著我說。

「……沒有。」

在她的銳利目光壓制下，我閉口不再說話。

「是嗎？那就拜啦。」

三浦以提不起勁的神態將書包搭在肩上，快步離開。

我不能擅自告訴她關於春奈餘命的事。這種重大的事情，應該要由春奈親口說出來才對。

今天離開學校之後，我又坐上了通往相反方向的公車。本來是想要中途先去花店一趟，不過因為非洲菊不可能隔一天就枯萎的關係，所以就不去了。

公車經過花店，在那間醫院前停下來。

春奈今天不在病房，而是在交誼廳。她分別用了好幾支彩色鉛筆，以淡然的神情畫畫。我繞到她背後，靜靜看著她的速寫本。

那是一幅兩名少女身穿色彩鮮艷日式浴衣放煙火的圖。應該是小時候的春奈跟三浦吧？或許她是為了不忘掉昔日的記憶，才將這些往事描繪在畫中。

「秋人？」

察覺到我的春奈，轉頭如此問道。

「因為有空，所以我又來了。」

我說完這句話，便在春奈對面的位子上坐了下來。

「是嗎？謝謝。」

春奈闔上了速寫本，溫柔的笑著。

「身體狀況怎麼樣？」

「嗯，今天很不錯。」

「那就好。」

正如她所說，她的臉色不差。

「妳真的有空的時候就在畫畫耶。」

「因為沒有別的事可以做呀。是說附近好像越來越吵了，我們去病房吧。」

剛好此時有四個看起來像是國中生的女孩子來到交誼廳，並開始嘻笑閒聊。其中一個人身穿黃色睡衣，似乎是住院病人；另外三個人應該是來探望那個女孩子的吧？那三人都穿著同一款外套，可能是同一個社團的朋友或是類似的關係。

我們從座位上站起身，往春奈的病房走去。在我們背後，響起了她們尖銳的笑聲。

春奈之所以從座位上站起來，大概並不是因為交誼廳變吵，而是因為羨慕黃睡衣女孩跟她的那群朋友。我一面凝視著春奈落寞的背影，一面如此心想。

春奈一定也希望跟那個黃色睡衣少女一樣，有許多人過來探望她。

她會想見誰呢？我想知道這件事。

來到春奈的病房後，她在病床上坐了下來。五朵非洲菊彷彿在歡迎我一般，全數對著我這邊盛開。

「坐吧？」

在她的建議下，我坐到了位於病床旁邊的圓凳上。春奈打開速寫本，開始繼續畫剛才畫的煙火圖。她用了好幾種顏色的彩色鉛筆，輕快描繪著閃耀著彩虹色光輝的煙火光芒。

「對了春奈，妳有沒有什麼想做但還沒做的事？」

我很唐突的問了這個問題。春奈停下手來看著我，說：

「想做但還沒做的事？嗯～～沒有吧。就算有，反正也做不到。」

春奈說的確實沒錯。恐怕她已經無法出院了，搞不好甚至連外出都不被允許。

「那麼，妳有沒有什麼想見的人？」

在我問了這個問題之後，春奈先是說了一句「想見的人啊」，然後朝斜上方張望並努力思索著。

「嗯，有哦。」

想了差不多十秒鐘以後，春奈如此回答。我本來以為應該是三浦，不過春奈說：「我想見爸爸。」

「爸爸？妳沒見過他嗎？」

「嗯，算是吧。」

「該不會是因為離婚之類的關係？」

「唔～～這個嘛，算是那樣吧。」

春奈低下頭，回答得相當曖昧，似乎不太想說她跟她父親沒見面的理由。

「我呢，想見爸爸，要跟他道歉。」

「要為什麼事道歉？」

春奈沉默了一陣子後，將視線投向虛空，開口說：

「我爸爸是個非常喜歡旅行跟運動的人。他好像很期待能跟女兒一起到各個地方旅行，或者是到大大的公園鍛鍊身體。」

「嗯。」

「可是我，因為是這副模樣所以哪裡都不能去，運動什麼的更是不可能。就連我們全家人難得去旅行一趟，也因為我在路上身體狀況突然變差，所以只好打道回府。」

春奈的表情蒙上了陰影，繼續說：

「由於我常常傷爸爸的心，因此要跟他道歉。跟他說我生下來就是這種身體，對不起；我不是個健康的女兒，對不起。」

春奈繼續以失落的表情，補充了一句。「當然，我也要跟媽媽這麼說」。

「這種事情沒必要道歉吧？畢竟生病的事情不能怪妳，誰都沒有錯。」

這句話其實有一半，是說給我自己聽的。「再說」，我又把話接著說下去：

「春奈的爸爸，為什麼不來探望妳呢？明明妳已經這麼難受了。」

我的語氣混進了怒火。不光是針對春奈的父親，我對三浦也是同樣的心情。

「那也沒辦法。」春奈溫柔的笑了。

「這樣吧，我去帶他過來。春奈的爸爸，他不能來見妳的話，我去帶他過來。妳知道他的聯絡資訊，或是住址之類的嗎？」

春奈搖了搖頭，溫柔微笑著說：「沒關係，謝謝你。」

最後，她眼中含淚的說：「因為我們馬上就可以見面了」。

當我知道春奈的父親早已過世，已經是幾天後的事了。

我誤解了春奈那句「我們馬上就可以見面」的意思。我本以為她的父親是因工作或其他事情忙碌，而那些事情終於告一段落，所以應該就能過來見春奈。

那一天，從學校回來的我又前往春奈的醫院。在病房中，春奈的母親穿著便服端坐在椅子上。正當我嚇了一跳，打算先行離開時，春奈的母親出聲對我說「方便的話請過來坐吧」。聽她說今天沒有值班，所以下午以後就到病房來了。

春奈的身體狀況似乎不是很好，從早上就一直在睡。我在椅子上坐下來以後，一面看著春奈安詳的睡臉，一面跟她的母親對話。

在詢問春奈小時候的事情時，我也很關心春奈是如何成長的。

體弱多病的春奈從讀小學的時候，就很少去學校，多數時間不是在家靜養，就是在醫院度過。這件事因為從三浦那邊聽過所以我知道。春奈的母親說她是個溫柔的、為家人著想的孩子。就連那一次跟家人去旅行的時候也一樣，明明她的身體是真的不太好，卻為了父親而說了謊。在身體不支倒地之後還哭著向父母親道歉，說她不希望第一次的家庭旅行被自己毀了。春奈一直都在逞強，她不希望讓父母親擔心。

這之後，在那一個月後就是國小畢業典禮的二月，她的父親便因事故而身亡。春奈的父親，於探望女兒的路上遭遇意外。意外的原因，聽說是闖紅燈。

春奈一直認為父親的死都是自己的錯。

『如果我健健康康的不用住院，爸爸就不會遇上事故。就算他闖紅燈，也一定是我的錯。因為爸爸一直在擔心我，所以才會那麼累，所以才會沒注意到紅燈。有我這種女兒，爸爸一定非常恨我。』

春奈是這麼想的。她的母親如此說。

我聽了這些話，毫無來由的對自己發了一頓火。我跟春奈的思考模式完全不一樣。我在得病的時候，反倒是一股腦兒地把怨氣發洩在父母親身上。

那段時間的我對人生感到十分絕望，變得相當厭世。心中憤怒的矛頭不但對準了自己、父母親，後來甚至還指向醫師。為什麼我會得這麼罕見的疾病？就是因為父母的基因不好，我才會生病。因為醫師醫術不精，所以才沒辦法動手術治好我。我一直毫無道理地憎恨無關的人。

可是，春奈不一樣。她覺得一切都是她的錯。我聽了這些話之後，才認知到自己究竟有多幼稚。

春奈的母親告訴了我有關三浦的事。三浦是春奈唯一的朋友，她會到家裡來找春奈，也會在附近的公園跟春奈一起玩，更會來醫院跟春奈見面，她們兩人一直都在一起。

最近就完全看不到她出現了。春奈母親說這句話時，看起來有點落寞。

她們也曾經穿著日式浴衣，在院子裡玩煙火。果然，那幅畫當中的小小少女，就是春奈跟三浦。

接下來，我也聽到了春奈最近的事。聽說她這陣子比較常笑。她的母親說，這一定是因為我的關係。雖然我否認說才沒有這種事，不過春奈似乎滿常提到我的。

「今天啊，秋人又來看我了。」

「秋人跟我說，他很喜歡我的畫。」

「今天呢，秋人帶花過來了。」

她的母親告訴我，春奈在說這些話時，臉上總是帶笑。

結果，春奈一直都沒有醒來過。

即使她的母親搖著她的身體說「小春，秋人來看妳囉」，她仍然沒有起床。有一瞬間她露出不舒服的表情，原本以為她會醒來，可她還是繼續睡下去。今天她身體似乎不太好。不對，也許她狀況其實一直都很差；或許上次我來的時候，她就在逞強也說不定。

「希望你今後也能跟那孩子好好相處。因為小春好像真的非常期待你來見她。」

在我回去時，春奈的母親送我來到電梯前，並這麼對我說。我當然沒有拒絕的理由。受到幫助的人，反倒是我才對。跟春奈在一起，我可以忘掉許多煩惱跟瑣事。

「我會再來探病的。」

我低頭鞠躬，然後離開醫院。

「秋人，你最近都很晚回來，是去哪邊做了什麼事嗎？」

一回到家，媽媽就這麼問我。

「我去找朋友玩，不用擔心啦。」

「是去找翔太還是繪里？如果出什麼事我會很傷腦筋，媽媽希望可以事先大概知道秋人在哪邊做什麼事哦。」

我焦躁的嘆了口氣，用力抓了抓頭，說：

「跟誰玩都沒差吧。我真的沒事，妳想太多了啦。」

我一直待的地方是醫院。就算真出了什麼事，反正人都在醫院了，也沒什麼好擔心的。我沒等媽媽回應，就快步衝上樓進入自己房間。

然後我馬上就後悔了。為什麼我老是沒辦法跟父母好好講話呢？只要他們一擔心，我就不由自主的發起飆來。我沒辦法做到像春奈那樣。

為了擺脫這種情緒，我打開速寫本開始畫圖。畫了差不多十分鐘之後，覺得沒畫好的我用力將圖紙撕成碎片。

我把被單蓋到了自己頭上，大聲「啊啊！」地叫出來。

又是個新的星期一，我因為身體無力所以沒去學校，只在房間裡躺著。

時間是上午十點，我躺在床上，凝視著因拉上窗簾而一片昏暗的房間天花板。

昨天跟前天，我都一直把自己關在房間裡。儘管想過要去見春奈，但由於發燒的關係，因此這兩天幾乎都在床上度過。我的身體也正一點一滴的邁向死亡。

我從床上起來，打開了窗簾。初夏的陽光刺痛了我的眼。

在悠哉悠哉的以慢動作換上制服以後，我離開了房間。

「秋人，要去學校了？早餐呢？」

當我在玄關穿鞋子的時候，媽媽用擔心的聲調這麼說。

「不需要。」

「這樣啊。便當呢？本來以為你會在家休養，所以還沒幫你做哦。」

「我會隨便買點東西吃，所以不用。」

「……這樣啊。」

連「我出門囉」這句話都沒說，便徑直從家裡走了出去；在媽媽說完「路上小心」以前，就把玄關大門關上了。

我搭上公車。這段時間的公車人很少。一陣子之後就在老地方下了車，從那裡走到學校。往前一小段路後，我停下腳步，沿著來時路線走回公車站。

果然今天還是翹課吧，翹課去見春奈。我突然浮現這樣的想法，整個人宛如被吸入一般坐上了前往醫院的公車。

我先在最靠近醫院公車站的前一站下車，走向花店。因為我回想起來，先前去春奈的病房時，花已經枯萎了。

「哎呀，歡迎光臨。今天你也要買非洲菊嗎？」

花店阿姨似乎認得我。

「是的。還是五朵，請分不同顏色。」

「好的，不同顏色對吧。你翹課去探望朋友？」

阿姨露出惡作劇般的笑容這麼說。

「算是吧。」

「那位朋友是女的？」

「沒錯。」

「這樣啊。那樣的話，我再送你一朵。」

阿姨說完這句話，就追加了一朵粉紅色的非洲菊給我。

「謝謝您。」

我付五朵花的錢收下了六朵花，正要從店內走出去的時候，阿姨突然冒出一句「啊，對了對了」，並說：

「非洲菊呢，送不同數量會有不一樣的意義哦。雖然送五朵沒有特別意義，但送六朵的意義是『我對妳深感著迷』。」

阿姨得意地笑著。

「啊，這樣啊。啊哈哈。」

我努力擠出笑臉回應，離開花店。儘管想過要還一朵回去，不過我不認為春奈會知道花朵數量的意義，所以就這麼收下來了。

接下來我邁步走向醫院。因為從早上就粒米未進的關係，肚子餓到刺痛。但我沒食慾，完全沒吃飯的心情。

「咦？秋人，為什麼這個時間你會在這裡？學校呢？」

我在前往病房的途中，遇上了春奈。她拿著速寫本，應該是剛在交誼廳畫了圖，再來就要回自己病房的樣子。

「今天只有上半天的課。」

「是哦。」

我隨口瞎扯了一個理由，走進春奈的病房。她坐在病床上，我坐在圓凳上。

「先前，你來看過我吧？媽媽跟我說了。我一直在睡，對不起。」

「沒關係。重要的是，我又帶花過來了。」

我在已經清空的花瓶中裝了水，並把花插進去。根據花店阿姨的說法，切花似乎只能維持一個禮拜。先前我帶過來的花，恐怕已經枯萎了。

「這種花，是非洲菊吧。謝謝你。」

春奈伸手將花瓶接過來，以憐愛的神情凝視著六朵非洲菊。

「秋人，你對我深感著迷嗎？」

然後，我就被笑得很有心機的春奈所拋出來的話語驚嚇到了。

「咦，妳說什麼？」

「我媽媽呢，在當學生的時候，好像在花店打過工。她先前告訴過我許多有關非洲菊的事情，聽說六朵的話，代表的意義是『我對妳深感著迷』。」

「啊啊，是這樣的啊。這我就不知道了。哦～～是這樣嗎，是喔。」

我裝出一副不知情的模樣糊弄過去，內心對那間花店的阿姨一陣埋怨。

「對了，媽媽說了些什麼？」

春奈把花瓶放在病床桌上後，如此問道。

「什麼是指？」

「因為媽媽在我睡覺的時候跟秋人說了許多話，想知道你們說了些什麼啊。」

「啊啊，嗯，我聽說了關於妳父親的事。」

「……是嗎。」

氣氛突然變僵，我連忙改變話題：

「還有，我也聽到了有關三浦的事。聽說妳們曾經是好友。果然，妳會想要見她吧？」

春奈將臉別過去背著我，說了一句：「這很難說耶」。

「下回，我帶她過來怎麼樣？」

「……不必了，不用。」

「為什麼？」

出現了數十秒的沉默。我的肚子咕嚕叫了一聲，消弭了僵硬的氣氛。春奈嘻嘻笑出聲來，彷彿將一切都看開般的開口說：

「我呢，小時候一直覺得，等我長大病一定就治得好。就算現在再難受，不過長大成人以後，一切都會沒事的。我一直都這麼想。」

又出現了一小段沉默。她繼續說下去：

「我想等到長大成人把病治好，就要多多孝順父母；原本不能去的旅行，將來就由我來帶爸媽一起去。可是，我的病是治不好的，我在長大成人以前就會死了。這些話大概是在國中畢業典禮一個禮拜前的時候……媽媽跟我說的。」

我咕嘟一聲吞了口水。她的母親應該也是煩惱掙扎了許久，最後才決定跟她坦白的吧？

「我受到的打擊相當大。原來，我快要死了。明明再怎麼難受，我都拚命忍耐到現在，結果病沒治好就要死了。我的腦袋一片空白，覺得一切都無所謂了，畢業典禮也沒去。反正我從一出生的時候，就註定活不久了嘛。」

我完全無法回應，甚至沒有出聲附和。春奈繼續說：

「我狠狠的對媽媽發了脾氣，對小綾也說了非常過分的話。所以，我想她不會來的。」

春奈低下頭，以沉重的表情如此說。

「原來是這樣。不過，如果將妳大限將至的事情說出來的話，三浦也應該會來見妳吧？」

我總算把話說出來了。然而，春奈搖搖頭，說：

「別跟小綾說。我不想讓她擔心，也覺得就這樣別見面對彼此都好。」

「真的好嗎？妳不後悔？對妳的好友，還是好好說說話會比較好才對。」

這句話，其實也可以用在我自己身上。我的內心被自己的話刺痛了。

「沒什麼關係啦。」春奈說了這幾個字後便陷入沉默。

雖然我在她面前滿嘴大道理，但其實我也沒有打算把自己的病情告訴任何人。當然，也包括眼前的春奈。

「我呢——」

打破沉默的春奈，再度開口：

「先前我也說過，我想早一點死，然後轉世重生。儘管現在這麼痛苦，不過，我想下次自己一定能擁有一具健康的身體。所以，已經沒關係了。」

她淺淺露出帶點困擾神色的笑容，又瞬間回到原來的表情。

「總覺得越說越黑暗了，對不起。要看電視嗎？」

春奈操作遙控器，開啟了電視的電源。

螢幕上顯示出來的是新聞節目，報導的是一則高中女生跳樓自殺的新聞。春奈面無表情的看著那則報導，我無法想像現在的她正在想些什麼。

這天晚上，我思考當時要對春奈說些什麼比較好。

「就算我講錯了，妳也不可以想自殺啊。」

由於這種台詞會像迴力鏢一樣反打我自己，因此我選擇保持沉默。我這個直到不久以前還在網路上搜尋『輕鬆死掉的方法』的人，沒資格講這種話。

她那落寞的眼神烙印在我的腦海中，讓我徹夜難眠。

第二天，我又去見春奈了。我沒有在家休養，去了學校，在所有課程結束之後前往醫院。

「我想去屋頂。」

在病房聊了一段時間後，春奈這麼說。該不會真的跑去跳樓吧？如此心想的我緊張的前往頂樓，不過聽說她其實還滿常走上屋頂去轉換心情的。

在那裡，色彩繽紛的花在平整鋪設的草皮上盛開，確實是個相當適合轉換心情的場所。屋頂上頭已經有幾個看起來像住院病人或陪病家屬的人，而且連坐輪椅的人都有，可能有設置無障礙坡道吧。

「不錯吧？這裡是我的綠洲，我覺得差不多也可以把這個地方告訴秋人了。偶爾我也會在這裡畫畫哦。」

春奈得意洋洋的笑著說。

「的確是個非常棒的地方。今天的天氣很好，視野也很好，在這裡說不定可以畫出不錯的畫。」

我如此說完，便跟春奈一起在空的長椅上坐下。

屋頂邊緣設置的柵欄很高。見狀，我安下心來。如此一來就沒問題了，基本上應該沒啥病人有能耐去爬柵欄再跳樓吧？

「我喜歡在這裡眺望夕陽，如果有帶速寫本過來的話就好了。」

天空已經染上了橙色。

「不然我去幫妳拿速寫本過來？」

「不必了，不用。」

溫柔的風讓心情舒暢，也讓春奈那頭美麗的秀髮不停搖曳，更讓我陷入只要待在這裡，時間的流逝速度就會變慢的錯覺。我心想，如果眼前的夕陽能不要沉沒，一直留在那裡就好了。甚至至妄想在美麗的夕陽照耀下，說不定連我的心臟都能跟著治癒。

「秋人你真好，還有未來。」

她這句話，揪痛了我的心。

我小聲回答：「……沒有喔，什麼未來」。

「才沒有這種事呢。秋人要連我的份一起，活到長命百歲唷。」

我沒有出聲回應，默默點頭。春奈以不可思議的表情，探頭看著我沒有回應的臉；不過，接下來她就沒有再說任何話了。

在這之後，我幾乎每天都會去見春奈。

學校一放學就立刻離開教室，坐上公車；有時甚至會早退去看她。因為我這個朋友很少的人連週末也很閒，所以放假時下午就會到春奈的醫院去；如果花枯萎了就會先去買五朵非洲菊，再前往她的病房。春奈則會以不滿的神情說，怎麼不是六朵呀。

至於花店阿姨則把我叫成「非洲菊小弟弟」了。對於每次都買同一種花的人，阿姨似乎會私下用那種花的名字來稱呼他們的樣子。這一天，一名女子跟我擦身而過離開花店，阿姨便笑著告訴我「剛才那位是百合子」，而我也只能回應「喔，這樣啊」。

即使我去探病，還是有幾次看到春奈是睡著的。她在這種時日的身體狀況一定不太好吧，如此心想的我也不會勉強吵醒她。

我會默默的跟她借速寫本來畫一個小時的畫，如果這麼做她也沒醒來的話就回家。如今在她的速寫本當中，已經有幾張我描繪的作品了。我的每一張圖都完全跟不上她的水準，就像是塗鴉一般的亂撇。不過即便如此，春奈還是會誇獎我的畫。

只有待在春奈身邊的時候，我的心緒才會比較平靜。像是不安或悲傷以及憤怒等負面的情緒，她都能讓我忘掉。在這間小小的病房中，只屬於我們兩人的時光，不知從何時開始，成為了救贖我的光芒。

「快看啊秋人，我叫媽媽買手機給我了。」

我又一如往常的去了春奈的病房，她則用右手拿著白色的智慧型手機給我看，說：

「因為有什麼事的話可以馬上跟媽媽聯絡，而且也可以跟秋人互傳訊息，所以我一直很想要。我是第一次拿手機，有很多事不太清楚，就選了跟媽媽在用的手機顏色不一樣的同款機種。不錯吧？」

她開心的玩著手機。

春奈說她不知道怎麼加聯絡人，於是我將手機拿過來，並把我的電話號碼跟電子郵件信箱加到她的聯絡人當中。

由於我是第一次接觸這款機種，因此花了一點時間嘗試操作。在春奈手機的預設資料夾當中，已預先儲存了三十張左右的相片。

「預設資料夾，可以讓我看一下嗎？」

「嗯，可以。」

我事先徵求了她的同意，才開始瀏覽資料夾的內容。資料夾裡儲存了從各種不同的角度拍攝的非洲菊相片，其中幾張相片是全黑的，想必是她的手指頭遮到相機鏡頭了。

再下來，有一些類似自拍角度的相片，可能是用錯鏡頭拍到的吧？從相片仍然留著來看，她八成還不知道該怎麼刪除。

除此以外，還有幾張使用連拍功能拍攝的非洲菊相片。一開始確實是拍非洲菊，可拍到一半相機就歪掉了，最後不知為何拍到了天花板。照我推測，一定是她操作錯誤啟動了連拍功能，然後就被連拍聲音嚇到，導致手機掉了下去。我想像著春奈當時的慌張模樣，不自覺的笑出聲來。

「你在笑什麼？」

看到我忍俊不禁的樣子，春奈一臉不可思議的問道。

「沒，沒什麼。妳拍了很多張好看的相片呢。」

我將手機還給春奈。結果，她突然將鏡頭對著我，按下拍照鍵。

「秋人的照片，我保存下來囉。」

她露出惡作劇般的笑容，如此說。

從第二天起，來自春奈的訊息就像日記一般傳送過來。

『早安，今天天氣很好。我現在剛吃完飯，因為很閒所以正在畫畫。秋人你現在是在上課中嗎？』

『午安，今天身體狀況不太好，所以不用來也沒關係。』

『早安，今天身體狀況不錯，所以我在屋頂散步，儘管拍了很多相片，可是卻不知道怎麼傳送，請你下次來的時候教教我。另外，非洲菊枯萎了。』

從這些訊息的內容看來，春奈明顯相當開心。

『我想喝蘋果汁，請幫我買過來。還有，速寫本已經快沒有了，拜託幫我買新的。』

就連應該是要傳送給她母親的訊息，不知為何也傳到我這裡來。

我們幾乎每天都會互傳訊息。春奈慢慢地學會了怎麼用表情符號，甚至會像這年頭的女高中生一樣，傳一些可愛的訊息。

自從跟春奈開始互傳訊息之後，我對她便更加著迷。只要想著她，我就能暫時忘掉自己的病情。在我絕望的每一天，出現了名為春奈的光。她救贖了我的心。

或許是因為神明憐憫一個馬上就要死掉的悲慘高中生，所以才在最後的時刻裡，讓他能有一個做夢的機會。

我一直認為，自己已經不可以再去喜歡人了。一個沒幾天好活的人，去喜歡誰又有什麼意義呢？即便交到了女朋友，也只會讓對方悲傷而已。

以前的我覺得，談一場在開始以前就能預見結果的戀情，是在浪費時間。不過，這樣的戀情或許也不壞。如果對方是春奈的話，我認為是可以被允許的。同屬將死之人的戀情，不會留下任何後遺症。

——不管是春奈死去、或者是我死去；我的戀情，會在這兩者之一出現時結束。

我將這份感情，稱為「期間限定之戀」。

夜空綻放之花

我的病，似乎真的挺不可思議的。據說甚至有病例是完全沒有出現症狀就死了，直到解剖遺體之後鑑定結果出來，才首度發現心臟病灶。

如果可以的話，我也覺得不要慢慢衰弱下去，突然死掉應該還算理想。只不過，希望能儘量避免在洗手間大小號時或入浴中發作。那種令人在發現時不忍卒睹的死法，會讓我死不瞑目。如果是夜晚入眠之後，毫無痛苦地離世，感覺倒是挺不錯的。

我在自己房間一面畫畫，一面思考著這麼無聊的事。

「秋人，可以跟你講一下話嗎？」

我同時聽見了敲門聲和爸爸的聲音。

「什麼事？」

我轉頭向後，以斜看對方的姿勢回話。

「是這樣的，馬上就要放暑假了對不對？要不要來一趟久違的家庭旅行呢？爸爸最近也請到假了，我們大家一起去如何？」

爸爸走進房間，這麼說道。「就趁秋人還有精神的時候去吧」，感覺上爸爸似乎刻意避而不談這句話的樣子。

「嗯～～我就不去了，你們三個人去吧。」

我如果不去，這趟旅行就等同取消。對這點心知肚明的我，還是冷冷的直接說出口。在說出來的同時，我卻對無法坦率的自己感到惱火。

「一起去不好嗎？媽媽跟夏海，也都說想要跟你一起去喔。趁可以去的時候，大家就一起去吧。」

「趁可以去的時候，是什麼意思？」

原本壓在心底的怒意，這回改衝著爸爸發洩了。

「啊啊，不是，我不是那個意思。我的意思是大家一起來協調休假，在比較方便出門的時候一起去。」

「再下一次就可以啦。暑假我很忙。」

我沒有再看爸爸，便回到先前的姿勢並這麼說。

「……這樣啊。我知道了。」

爸爸用沙啞的聲調這麼說完，便離開房間。

我把正在畫的畫，用鉛筆亂塗到滿滿一面全黑。

直到剛才為止，我還在描繪著家人在客廳裡談笑的畫面。畫中的我還是小學生，夏海則比現在還要小很多。當我把那張畫塗成滿滿一片全黑，直到無法辨識之後便哭了出聲。雖然不知道為什麼，但我不甘心到淚水流了滿臉。

如果可以的話，我希望回到那個幸福的時刻。那個有夢有希望，甚至有未來的時刻。我的眼淚止不住，流個不停。

擺在桌上的手機突然響了。

『午安，今天身體狀況不錯，所以我跟媽媽一起外出了。雖然只有一小時，不過我們去了附近的公園，還去買東西。久久才能到外面去一次，我很開心。秋人你今天過得怎麼樣呢？』

是來自春奈的訊息。

我到了第二天，才把回覆傳送出去。

七月也過了一半，暑假再過一個禮拜就要到來。恐怕，這就是我人生中的最後一個暑假了。我應該要更有意義地去度過這個暑假，要深思熟慮該做些什麼才行。

繼續這樣浪費時間是不行的。我又重新開啟了那個問答論壇網頁。

對我這個差不多基於打發時間而發布的問題，下面的回應又增加了一些。不過，每筆回應的內容都差不多一樣，參考價值不高。

大多都是向周圍的朋友表達感謝的話語、將存款全部花完、孝順父母之類的回答。

我依據這些回應，思考要在暑假做的事情，並將它們寫在筆記本上。

『去見春奈』，首先就是這件事。跟她在一起的時間，是我內心如今的避風港。接下來，我寫下了『去見三位祖父母』。雖然今年新年時沒能過去見他們，不過媽媽那邊的外公外婆都很健康。

爸爸那邊的奶奶，目前罹患大腸癌住院中。而奶奶也受到餘命宣告，能活的時日不多，我想去探望她一次。至於爺爺在我出生以前，就因病去世了。

接著我寫上的是『讓三浦去見春奈』，就是這件事。對我個人而言，這是最想要達成的任務。真的沒有能繼續隱瞞春奈餘命不多的事實，還可以同時把三浦帶過來的辦法嗎？如果我跟她坦承，她一定就會過來見春奈，但春奈應該不希望這樣吧？

接著我在筆記本寫下來的是『完成我人生最後的作品』，就是這麼回事。我無意間興起一種想法，我最後的畫作不是要在速寫本上描繪，而是要在正式的畫布上畫出來。

網路論壇上有一筆回應是『要留下自己活過的證明』，在思考過我能留下什麼之後，我只想得到畫。即便還沒決定要畫什麼樣的畫，我依舊先把這件事記錄在筆記本上。

在這之後我又想了差不多一小時，不過我沒辦法在筆記本上寫出更多了。最後我姑且隨手把『孝順父母』這幾個字加上去，將筆記本闔上。

「所以，有什麼事？」

暑假第一天，我來到速食店。在三浦瞪大眼睛注視下，我啃著漢堡。

「接下來我要去春奈那邊探病，想說妳要不要一起去。」

我直接殺到三浦打工的地方，在她打工結束以前一直埋伏。在等了大約兩小時之後，我逮到了正急急忙忙要回去的她。

「你真的很煩，就說之後會去的，你就別管我了。」

她吃著我請的薯條，以不起勁的語氣這麼說。

「我從春奈那邊聽說了。她說她對妳說了很過分的話，她好像非常後悔。妳要不要去見她呢？」

三浦原本伸過來要拿薯條的手停住了。

「你說的是真的？」

「是真的啊。所以，我們一起去吧。」

三浦在沉默了一段時間後，低頭說了句「今天我有事，下次吧」。之後她一言不發的吃完薯條，說了聲「再見」就離開。

很好。我在心中擺出了振臂握拳的姿勢，把漢堡配可樂一起吞進肚子裡。

然後我從店裡走出來，坐上公車去見春奈。

我到的時候，春奈正在病房裡畫圖。

「咦，你今天穿便服呢。」

「先前我有傳訊息跟妳說吧，從今天開始就放暑假了。」

「啊啊，這樣啊。」春奈快活的回了這句話，便哼著歌畫圖。看她的樣子，我心想今天應該是她身體狀況不錯的日子。

「最近一直都很熱。我其實很討厭夏天，一熱起來就不能去屋頂了。」

她流暢的在手指上轉動著彩色鉛筆如此說。今天的氣溫特別高，光來到這裡也是一件苦差事。

「不過，這裡有開冷氣所以很涼。」

「嗯，還好啦。秋人你暑假有什麼計畫嗎？」

「沒什麼特別計畫。大概只有在家躺平放鬆而已。」

「這算是計畫嗎？」春奈輕笑著說。

其實我有很多事情要做，不過因為說明起來很麻煩所以就不說了。

「可是，高中生的暑假，不就是要跟朋友或喜歡的人去海邊、去祭典、或是去看煙火大會嗎？」

「嗯~~這個嘛，也是會有這樣的人啦。」

「該不會秋人你，沒有朋友吧？」

「不能說沒有，但也的確不多。」

「那麼，喜歡的人呢？」

「不能說沒有，但也的確不多。」

「什麼啦。」

儘管我認為自己已經很巧妙的糊弄過去了，可春奈卻露出不滿的神情瞪著我看。我喜歡的人就在眼前，這種話我也說不出口。

再說雖然我的朋友很少，不過我還是收到了來自繪里的邀約，問我夏天要不要跟幾個同班同學一起去海邊。我考慮到最後，還是委婉的拒絕了她的邀請。對於現在的我而言，已經沒有什麼悠哉悠哉去海邊玩的時間了。

「我說，你有沒有喜歡的人？」

春奈又一次問我。

「嗯~~這個嘛，怎麼說，我不知道。」

陷入極度混亂的我，曖昧的如此回答。對我這種不乾脆的態度，她以更不滿的神色緊盯著我不放。

「我說啊，八月中旬的時候，會有一場煙火大會，從這間病房是看得到的哦。我去年夏天也是在這裡看的，就一個人……」

「從這裡看得到啊，那真不錯。」

我站起身來走向窗邊，遠望外面的景色。盛夏的太陽光芒相當耀眼，我的眼睛不禁瞇了起來。

「然後呢，如果，你去煙火大會沒有人陪的話，要不要在這裡跟我看煙火呢？如果，方便的話……」

我轉頭看去，春奈低著頭，雙頰泛起潮紅。

「好啊。反正我很閒，就在這裡一起看煙火吧。」

「真的？那麼，就約好囉。」

她露出笑容，將小指豎起來對著我說。

「嗯，約好了。」

我也將自己的小指，勾上了她的小指。

雖然從剛才開始我就一直在強裝鎮靜，但其實我的心臟跳動已經加速到快要爆炸的程度。跟女孩子兩個人一起看煙火，這種經驗到目前為止連一次都沒有過。而且因為這就像是跟春奈說好要約會一樣，我的心情非常興奮。甚至覺得如果現在心臟就停止不動的話，說不定也不賴。

由於跟春奈相遇時她總是面無表情，因此一開始她給我的印象相當冷淡。不過，現在的她非常溫暖，這一定就是她真正的模樣吧。

可能是因為餘命無多的緣故，春奈和其他同年齡的人相比，在感覺上就有一些不同。是個人生觀相當豁達的奇妙少女。不過，她果然還是個普通的女孩子。談一場平凡的戀愛，享受青春，這些大家都會經歷的過程，她應該也會想要擁有才對。雖然她說沒什麼想要去完成的事情，但我認為實際上，她大概也很想體驗一下那些其他人覺得理所當然的事吧？

我看著臉頰上的紅潮還沒消退的春奈，感到滿心憐愛。

在這之後，我依序實行了自己寫在筆記本上的事。

首先是去見外公外婆。因為夏海也說想去，於是我們兩人就一起搭電車前往。

在電車上搖晃了大約兩小時，在目的地車站下車後，外公便出面迎接我們。我們在車站那邊坐外公的車，去外公外婆所住的公寓，吃過晚餐之後再搭乘晚上九點多的電車回家。他們兩人都很健康，真是太好了。

「明年大家一起去泡溫泉吧」，對於外婆這樣的提案，我的回答是：「好哇，我也非常想去」。

如果真的能去就好了。我在回程的電車上如此想了無數次。

兩天之後，我去見了奶奶。配合爸爸的休假，我跟夏海還有爸爸三人開車過去。

原本是想要買非洲菊過去探望的，不過因為跟爸爸說要去花店會令我感覺不好意思就放棄了。

當我們抵達奶奶所住的醫院時，發現奶奶住的地方跟春奈的病房不一樣，是多人共居的病房。除了奶奶以外還有三名住院的女性，三個人的年齡好像都跟奶奶差不多。

奶奶似乎剛動完手術，看起來一直有些疼痛的樣子。

「奶奶我啊，在看到夏海穿新娘禮服的樣子以前，是絕對不會死的。」

生病的奶奶，對快要哭出來的夏海溫柔的說。夏海非常喜歡奶奶，也因為奶奶家很近的關係，以前就時常過去那裡玩。雖然現在奶奶是獨居，不過等到她出院之後就會住到我們家。夏海之所以會快要哭出來的原因，其實是爸爸在車子裡不小心把奶奶時日無多的真相講出來了。

去年夏海以外的三個家人共同決定，這件事要對夏海保密。我的餘命也是一樣。

那之後我們大概聊了一個小時左右，就離開了醫院。

在回程的車上，為了安撫因只有自己一人被蒙在鼓裡而生氣的夏海，我坐到了後座，小心翼翼地再三對夏海說明「奶奶的病絕對治得好沒問題」。然而，我的妹妹並沒有笨到會對這種安慰的說詞照單全收。結果就是即使到家之後，夏海依舊悶悶不樂。

我一回到家就馬上打開筆記本，在「去奶奶那邊探病」這一行字的旁邊打勾。在這本寫上「暑假應該要做什麼」幾個字的筆記本裡頭，我還有四項任務要完成：

『讓三浦去見春奈』、

『孝順父母』、

『完成我人生中最後的作品』、

再來就是我新加寫的『跟春奈看煙火』。我試著依序去思考，這四項是否能夠達成。

首先是三浦。這件事進展還算順利，總覺得只要再推一把，她應該就會讓步了。

然後是孝順父母。我不知道要怎麼具體的去做這件事。要怎麼做才算得上是孝順父母，我也完全沒有概念。只要幫忙做家事就算是孝順父母了嗎？或者是將感謝的心情表達出來就可以了嗎？不管我怎麼想，還是找不出答案。

接著是最後的畫作。坦白說，這件事沒有必要一定得在暑假時完成，只要可以在死前完成就好。所以，這個任務可以晚一點再做。

再來就是最後一個，跟春奈看煙火。這件事達成的可能性大概是最高的。因為最近春奈的身體狀況看起來相當不錯，應該可以毫無懸念的過關才對。

三浦那邊，我打算明天再去突擊，現在最大的問題還是在該怎麼孝順父母吧？我思索了一陣子，走出房間並前往客廳。

「那個，可以講一下話嗎？」

正在準備晚餐的媽媽，跟正坐在沙發上攤開晚報的爸爸，都將視線朝向了我。

「怎麼了，秋人。」

「先前提過的家庭旅行，就是，可以去了。」

為什麼我會講成這個樣子啊。對此我感到羞恥。

「哦，你有想去的意思了嗎？那麼，大家就一起去吧。下禮拜的話爸爸可以去，你有沒有什麼想去的地方？」

「我哪裡都可以啦，去爸爸跟媽媽想去的地方就可以了。」

「溫泉之類的怎麼樣？夏海也一直很想去。」

媽媽一臉開心的說。

「溫泉好啊。」

我留下這句話，就又回到自己房間。

去家庭旅行，究竟算不算得上是孝順父母呢？不過，我看到爸爸媽媽兩人臉上都露出久違的笑容，這樣就算好了。我如此說服自己，將筆記本闔上。

「請給我起司漢堡跟可樂，可樂最小杯的就好。還有，今天三浦在不在？」

當我點餐完畢，最後問了這句話時，直到剛才為止還對我展露滿面笑容的年輕女店員，改以狐疑的神色瞇起眼來盯著我看。

我現在，來到了位於大型百貨公司的速食店。是三浦打工的店。

「你跟三浦是什麼關係？」

「我們是同一間高中的……朋友。」

雖然我不自覺的脫口說出朋友二字，不過應該也沒錯吧？

「……是這樣啊。我想她再過一個小時就來了。」

「謝謝。」

我拿了起司漢堡跟可樂，在空位上坐下來。剛才的店員，想必認為我是來騷擾三浦的跟蹤狂吧？她好像正一面跟其他店員說悄悄話，一面看著我這邊。三浦確實是美女，但不是我的菜。因為要澄清誤會也很麻煩，乾脆就不管了。

我吃完起司漢堡，在三浦有空以前就先到百貨公司裡頭四處打轉。

「哎呀，這不是早坂嗎，你在做什麼？」

我朝聲音傳來的方向回頭望去，偶然來到百貨公司的高田正看著我這邊，同時用手將眼鏡由下往上推。

「啊啊，我正在等人，在人來以前打發時間。高田呢？」

雖然我對他的來意完全沒興趣，可還是姑且問一下。

「我來買自己最愛作家的新作品。早坂你對書沒興趣嗎？」

「嗯～～漫畫的話是很喜歡啦。純文字的話有點看不下去。」

「這樣嗎？我想偶爾看看漫畫以外的書，增廣見聞也挺不錯的喔。你看，我就是……」

接下來的話我都沒在聽，而是在想別的事情。總覺得高田的說話方式，我從生理上就難以接受。在我隨口附和幾句之後，高田將眼鏡由下往上推，心滿意足的離開了。儘管我心想「你買書之前先買眼鏡吧」，不過我沒說出口。

高田離去後，我也發現了正好到來的三浦。將長髮在後方紮成一束的她，在飾品店專心的往櫥窗裡探視。

「請問……」

我在三浦旁邊出聲說。她朝我的臉瞥了一眼，嘆了口氣之後又將視線移回櫥窗，說：

「什麼事？」

「想說妳會不會去春奈那邊，等妳打工結束後再去也沒關係。」

她嘆氣嘆的更重了。「又是這件事？」她以不快的神情的如此說。

「最近春奈感覺無精打彩的。我想如果三浦能去探病的話，她應該就會恢復精神了吧？」

我試圖說服三浦。老實說，最近的春奈身體狀況似乎很好，所以這句話完全是謊言。我討厭說謊，不過有時候謊言是必要的，而現在就是這個時候。

「是嗎？不過，我不覺得我去她會恢復精神就是了。」

「會的，一定。」

「為什麼你能確定呀。算了，不過沒關係，暑假後半段我有空可以去。因為會有點尷尬，你也來吧。」

「當然。」

我跟三浦交換了聯絡資訊。這樣一來，我自訂的暑假作業，總算應該是全部完成了。只要春奈的身體狀況能維持良好，應該就沒問題了吧？

一個禮拜以後，翔太邀約我去看電影。因為很閒，所以我就答應了下來。我跟繪里和翔太三個人上次去看電影，應該是國中時候的事了。由於看電影的時間是下午，我想在這之前去探望春奈，因此便搭上了公車。進入暑假之後，我每兩天就會去病房探訪一次。

我在醫院公車站的前一站下車，先到花店。因為昨天春奈傳來訊息，說花枯萎了，她很沮喪。

一走進店裡，花店阿姨就用笑容迎接我，說：

「哎呀，非洲菊小弟弟，歡迎光臨。今天也是非洲菊嗎？」
「是的，請給我非洲菊。」
「五朵可以嗎？」
「是的，五朵就可以了。」
阿姨將白色、紅色、黃色、橙色、粉紅色的非洲菊各拿了一朵，走向收銀檯。
「抱歉，還是要請您再給我一朵。」
我拿了一朵黃色的非洲菊，交到阿姨手上。
「好的，果然還是深感著迷呢。」
阿姨呵呵笑著，將花包裝起來。我則啊哈哈一聲，擠出笑容回應。我付了花的錢，將花收下。
在稍微猶豫一會兒之後，我下了決心，直接開口問阿姨：
「請問，您有孩子嗎？」
她一瞬間展露驚訝困惑的表情，隨即發出來自內心的笑容說：「是的，有啊」。
「我有一個跟非洲菊小弟弟剛好同年的女兒，跟一個念國中的兒子。」
「我想請教一個怪問題，您認為他們要做什麼才算孝順？」
「孝順？……這個嘛，雖然有很多事情都可以算，可是光是會去思考這樣的問題，作父母的就會很高興了。」
因為不是我期待的答案，於是我改變問法：

「跟父母親一起去旅行，算孝順嗎？」

「旅行？我覺得可以算唷。我家的兩個孩子都在反抗期，基本上都不太可能跟我一起出門。非洲菊小弟弟的父母親，很令人羨慕呢。」

「這樣啊。真是謝謝您。」

正當我道謝過後打算離開店內時，阿姨一聲「啊，對了對了」，讓我轉頭望向她。

「只要能每天活潑有精神，健健康康的長大，光是這樣子，對作父母的來說就足夠了。」

「……果然，健康還是最重要的啊。」

我輕輕點頭，離開店門。

離開店門後，我嘆了一口氣。果然不該問。我後悔地走向醫院。

我到了病房，將六朵非洲菊送給春奈，她就對我露出小孩子般的笑臉，高興說道：

「果然，你對我深感著迷呢。」

「因為我常買，所以人家加送我一朵啦。」

由於有些害羞，因此我隨口編了謊言糊弄過去。這個謊言，應該也是必要的謊言。

春奈的身體狀況似乎相當好，一直沒完沒了的在講話。

她擺動全身比手畫腳，對去年看煙火的事情作說明：

「這～～麼大的煙火就在我眼前散開了呀，再稍微晚一點之後還可以聽到咚～～的聲音，總而言之真的是太棒啦。」

春奈大大張開雙手表現煙火的規模。

「是這樣啊。」我如此附和著。

「去年呢，我就是站在這裡，把病房的電燈關了看煙火哦。」

春奈如此說完便從病床下來，站到窗邊。

接下來她用手機搜尋到有四千五百枚煙火發射升空的資訊，隨即開心的說出來。看樣子她真的很期待煙火大會。

「因為去年我不知道煙火會發射升空，所以嚇了好大一跳。在咚～的聲音出來以後，我以為是飛彈還是什麼東西掉下來，就躲進被窩裡了。」

聽她說完，腦中輕易地便能想像出當時的光景，不自覺就笑了。

「因為那些煙火又持續發射了好幾道，所以我覺得有點奇怪，就把窗簾打開，煙火的光芒就往我眼前飛過來。真的好漂亮，直到現在我還記得很清楚。」

她轉頭望著我，露出微笑，說：

「今年如果也放晴就好了呀。我來做十個晴天娃娃好了。我只要去做晴天娃娃，天氣就都會是晴天哦。」

「啊啊，對喔。下雨的話活動就會中止了，是這樣沒錯啦。」

我一個人一面自言自語般的說著，一面點頭。

「就是這樣。所以秋人你也要來做晴天娃娃哦！」

「我知道了。今天我有點事，差不多該回去了。」

我如此說完便站起身。

「什麼事呀？」

「等下要去跟朋友看電影。」

「是哦。你原來有朋友呀？」

「有啊。是兒時玩伴。」

「好好哦，有這樣的朋友，好像會很開心。」

她以寂寞的語氣這麼說。

如果不說是去跟朋友玩，而是隨口編個謊言帶過去就好了。離開醫院時我滿心後悔。剛才那種狀況，即使說謊也一定會被原諒吧。

我又坐上了公車，跟翔太與繪里會合。翔太身穿藍色的短袖襯衫跟白色的短褲，繪里則是白色潮T配牛仔熱褲，都是夏季風格打扮。仔細一看，繪里與翔太都稍微曬黑了一點。繪里有說她去了海邊，所以原因大概就是那樣。而翔太則一定是練習足球時曬的。兩人看來都充分享受了暑假。

「唷，秋人，你遲到啦。」

翔太舉起單手說。

「抱歉抱歉，我先去了一下別的地方。」

「電影馬上要開演了，快點走吧！」

繪里快活的如此說。

在三浦打工的百貨公司最上層樓，有一間電影院。我們就約在這家百貨公司的入口會合。

在我們前往電梯的路上，我朝速食店望了一眼，看到三浦的身影。她正以從未讓我見識過的活潑笑容接待客人。

之後，我們看完了目前最熱門的動畫電影，離開電影院。

「真的很有趣呢。接下來我們要做什麼？」

在下電扶梯時，繪里轉頭望過來說。

「就找個地方隨便吃一吃，然後去放煙火怎麼樣？就在秋人家附近的公園那邊而已。」翔太如此說。

「好啊！秋人也可以吧？」

「嗯，好啊。」

我們前往百貨公司內部的美食街，把晚餐解決掉之後，就去買手持煙火的套裝組合。

一走到外面才發現，四周已經完全昏暗下來了。等到抵達我家附近的公園時，天色大概就全黑了吧。

我們去公車站等公車。有些溫熱的風吹過來，帶動我的瀏海。或許，我正在過一個人生中最充實的暑假也說不定。

每天跟春奈傳訊息、去見外公外婆、去見春奈、去住院的奶奶那邊探病、又去見春奈、跟兒時玩伴一起看電影，然後就是後天去家庭旅行、下禮拜跟春奈看煙火、也預定要讓三浦跟春奈見面。

這個暑假結束之後，就算死了也沒關係。已經沒什麼想做但還沒完成的事通過考驗、活過整個人生了。

當我一面等公車一面胡思亂想時，塞在口袋裡的手機響了。是來自春奈的訊息。

就在打算看訊息的那一瞬間，我的手突然脫力，手機也隨之掉到地面。直到剛才還一如往常的景色突然失去了輪廓，視野也像漩渦一般扭曲。站不住的我膝蓋整個落在地面上，目眩與心悸都十分劇烈，呼吸也很難受。

「秋人，你怎麼了？」

我聽到繪里的聲音，接著是翔太的聲音。「你沒事吧！」。

我終於理解了。這一定就是倒數計時的時間到了。我從以前開始，就是個運氣滿差的人。不過為何是在這個時間點畫上休止符啊？

腦海中同時浮現出春奈的臉，反正就快死了，如果能把「我喜歡她」這幾個字傳達出去，會不會比較好呢？比春奈先死，某種意義上或許還算不錯。

在逐漸消散的意識中，我意外冷靜地思考這些事。

醒來之後，白色天花板讓我有種不適應的感覺。我很快便理解到，這不是我家的天花板，於是我四處張望，確認周遭環境。

我察覺到這裡是醫院。在我的頭上有個看起來像電腦螢幕的東西，以及許多雜亂擺設的機械設備。左右邊都被白色的隔簾區隔，看起來不太像是一般病房的樣子。

要掌握自己出了什麼事，其實並不需要花太多的時間。

對於醒來的地方並非天堂這件事，我的心情似乎很放鬆，又好像很失望。我看得見白色的牆壁跟天花板，就印象中曾見過的無機質空間來判斷，想必就是我常來的醫院。

因為有光從窗戶的空隙照進來的關係，代表現在不是清晨就是白天。從安靜程度研判，我覺得可能是清晨。

我又閉上了眼睛，彷彿像在逃避現實一般再度沉睡。

當我下一次醒過來的時候，周圍就很熱鬧了。爸爸、媽媽、夏海都在。

「秋人，太好了。知道我是誰嗎？」

媽媽驚慌失措的說。

「哥哥，你沒事吧？」

夏海用哭腔道。爸爸雖然也說了些什麼，卻並沒有傳入我的耳中。

春奈正在做什麼呢？我揉著睡眼，比起自己的事，我更掛慮春奈的身體狀況。

無意間我看了眼床邊桌上的月曆確認日期，得知我是昨天倒下來的，距離煙火大會則還有十天。在這之前可以出院嗎？我有點憂慮。

然後，我從菊池醫師那裡聽取了相當仔細的說明，並動了手術。儘管不是大手術，不過聽說是要將腫瘤的一部分切除。因為有小型腫瘤增生，如果放著不管，似乎就有遠比預期還要更快喪命的可能性。雖然即使這樣也沒什麼關係，不過總而言之，我還是順其自然的動了手術。

手術就在這一天進行了，而在手術隔天我就從加護病房轉到一般病房去。好像多人房都沒有空病床，我就暫時住到了三樓的單人病房中。

這其實都不是問題。我顧慮的是，這裡也是春奈住的醫院。她住在四樓而我住三樓，雖說某種程度上是不用擔心不期而遇，可她的母親也在這間醫院工作，我對自己的病情會不會被發現，感到有些不安。

放在病床桌上的手機響了。螢幕在那時落地的衝擊下，出現了裂痕。彷彿像在顯示我現在的心情一般，有好幾道裂痕從螢幕上方劃下來。

傳送過來的是春奈的訊息。

儘管我在病倒以後也有一段時間沒有跟她連絡，可還是表現出一副若無其事的模樣，持續跟她傳送訊息。剛才她傳來的訊息，也是跟往常一樣，如同日記一般的內容。

恐怕，我不能遵守跟春奈的約定了。

約定的煙火大會，短短三天後就到了。照菊池醫師的說法，還要觀察我的狀況，快的話要過兩個禮拜，慢的話甚至要過三個禮拜才能出院。但不管怎麼說，我現在的狀態是不可能見春奈的。我會成為一個無法遵守約定的超級渣男。

不過，我在確認目前的天氣預報時，知道三天後會下雨。如果煙火大會就這麼中止的話，就不會傷害到春奈了。我盼望天氣預報不要出錯。

我的暑假作業，在還剩下四個習題的情況下作結了。

家庭旅行泡湯了，原本要讓三浦在暑假時跟春奈見面也辦不到了。即便我覺得這些事在出院以後也可以進行，不過已經都無所謂了。

坦白說我這個人，怎麼會運氣會差到這種程度呢？雖然已經忘了是第幾次了，但我又重新憎恨著自己。這回甚至反過來認為，是不是運氣不好我才會被救活啊？

那天下午，繪里跟翔太來探望我。他們兩人今天過來的時候也都是一身清涼裝束。翔太是一件白色T恤跟一條牛仔五分褲，繪里則是一件穿起來很好看的夏日風格藍色連身裙。

重點是我看到了繪里手上拿的花，有些驚訝。

「秋人，你身體狀況怎麼樣？這個，是在附近的那間花店買過來的。聽說叫非洲菊，是店員推薦給我的，我先去擺花囉。」

「這、這樣啊，謝謝。」

繪里將十朵色彩繽紛的非洲菊插進花瓶中。翔太則一言不發，就只是站著不動。

翔太在想些什麼，我大概知道。

「怎麼了翔太，別站在那邊，坐下來如何？」

即使我如此建議，翔太還是一動也不動。在沉默了一小段時間後，他開口了：

「秋人，你對我們總有一些話要說吧？」

翔太沒有憤怒，也沒有責怪我。他的語氣聽起來反而像在失望。

「呃，說的也是啦。很抱歉突然倒下來造成你們的困擾，而且也不能放煙火了。」

「我不是要說這個。」

我當然知道。翔太大概已經從我家人那裡聽到我的病情，知道一切真相了。即使這樣，我還是不會說出關於病情的事。

「只是稍微眼花一下而已。讓你擔心了，不好意思。」

「我們都知道了，少在那邊糊弄。為什麼不跟我們說？我們不是好朋友嗎？」

「夠了啦，講這個。」

我像是要壓過翔太的話頭一樣，毫無顧忌的冷言冷語：

「誰都會有一、兩件，不想說的事。我只是因為這樣才沒說而已，有那麼嚴重嗎？」

「就算你這樣講，這麼重要的事，不需要隱瞞到跟我們講謊話吧。繪里也說秋人的樣子很奇怪，她一直很擔心你耶。」

繪里一直低著頭沒有開口，她表情哀傷，整個人動也不動。

「我就是討厭被人同情。只要大家知道我的病，多多少少都會在意。說不定還會比平常更顧慮我，我就是討厭那樣。」

「這種事……」

翔太並沒有出言否定。

「即使我把生病的事情說出來也不可能治得好，沒有什麼煩惱是跟誰聊聊就能夠輕鬆解決的。就算我跟你們商量好了，到頭來還是得要獨自跟病魔搏鬥；我只是覺得沒必要講，所以才沒說罷了。」

「可是……」

「我胸部的傷口還在痛，不好意思今天你們可以回去了，我想稍微躺一下。」

我又說謊了。明明現在拜止痛劑的效力所賜，其實並沒有那麼痛的。

「……我知道了。我會再來。」

翔太一臉難過的如此說完，便離開了病房。

繪里雖然還留在原處，不過我沒去理她，直接朝相反方向躺到了病床上。雖然手機在響，但我沒有去看的心情了。

「秋人，其實我、很早就知道了，你的病。」

繪里突然這麼說。我相當驚訝，半天說不出話來。

「大概是五月的時候。因為你的樣子有點怪怪的，我就趁你不在的時候到你家去問阿姨，結果阿姨激動到哭出來，把一切都告訴我了。她說絕對不可以讓你知道。她要求我直到你自己說出來以前都要瞞著。」

她停頓一小段時間後，以顫抖的聲調繼續說：

「我能理解你剛才話裡的意思，可是我也希望你可以親口跟我說呀。希望你可以依賴我、希望你可以跟我吐苦水、希望你可以找我商量。秋人，你總是一個人把事情都悶在心裡。但我們既然是好友，我還是希望你不要隱瞞，都說出來啊。」

可以聽見她鼻子抽噎的聲音。明明繪里正在哭泣，我卻依然繼續背向她，一言不發地保持沉默。

我內心一陣痛苦，胸口似乎快要爆開了。

「我會再來的，請多保重。」

在留下這句話之後，繪里離開了病房。

我彷彿失魂落魄般躺著，凝視純白的天花板好一段時間。

兩人沉痛的表情浮現在我的腦海中，持續刺痛我的心。為了甩開那種感覺，我左右搖晃著頭，用力緊閉雙眼。

由於我自作主張的想法，讓他們悲傷，還傷害了他們。我已經覺得，怎麼樣都無所謂了。就算心臟現在立刻停住不動，其實也沒差了。

手機突然響起，讓我像回復意識一般從病床上起身，伸手將裂掉的螢幕拿起來看。

『煙火大會那一天，天氣預報說會下雨。明明這可能是我人生最後一次看煙火了，超受打擊的。』

我沒回這則剛傳送過來的訊息，把被單往上一拉，將自己從頭到腳蓋好蓋滿。

第二天開始，我就在一樓的復健治療室，進行輕度步行之類的運動。除此以外便一直窩在病房內靜養，以免見到春奈。

雖然被繪里跟翔太講成那樣，我還是沒有要跟春奈坦承的意思。或者應該這樣講，我覺得不要跟春奈說比較好。也不是因為討厭被同情這一類的理由，單純只是不想讓春奈難過。

因為實在很閒的關係，我打開了先前請媽媽買的速寫本，默默的動筆畫畫。春奈現在也應該在樓上畫圖吧？

今天早上也有她的訊息傳來，而我還沒有輸入回覆訊息。

『最近你都沒有來看我，是在忙嗎？畢竟念書之類的事情有很多呢。我現在因為很閒，所以正在做晴天娃娃。希望後天可以放晴。』

我略加思索後，回覆了這樣一段訊息：『因為夏季補習很忙，所以沒能常去探病，對不起』。

第二天早上，我一醒來就馬上看手機確認天氣預報資訊，最後忍不住噗嗤一聲笑出聲來。明天預計會下雨，儘管對春奈不太好意思，可如果中止不辦的話，對我幫助很大。最近，確認天氣預報已經成了我每日的例行公事。

一小時左右的簡單復健治療結束，原本打算從一樓的復健治療室走向電梯的我，停下了腳步。春奈時常會下來一樓，為了避免不期而遇，我每次搭電梯的時候都會慎重觀察附近的狀況，確認春奈不在之後才搭上電梯。這次也一樣，因為春奈的身影沒有在四周或下樓的電梯中出現，於是我安心的搭上了電梯。然而在我要從三樓出電梯時，身穿護理師服，應該是在等著搭電梯的春奈母親便出現在眼前。

「秋人？」

雖然我輕輕點頭致意並打算離去，但還是被她叫住了。

結果，因為就算糊弄過去，只要人家一查也都會知道的關係，我還是坦白跟她說了。緊接著，我拜託她，絕對不可以告訴春奈。

「我知道了。」她以極小的聲音如此說。她一臉快要哭出來的表情，將我的話完整聽到了最後。可是，想哭的其實是我才對。這是我第一次親口說明自己的病情，原來是這麼痛苦啊。對此深有所感的我，將一切全都說了出來。

我回到自己病房，一個勁的畫畫。雖然手機響了，但我沒去理會。我靠畫畫逃避現實。光是聽著雨滴敲打窗戶的聲音，以及筆在紙上奔馳的聲音，心就能夠安寧下來。

手機又響了，這回我無可奈何的停下了手。

春奈傳送了附加相片檔案的訊息。

『晴天娃娃，我做了好多。秋人你也別忘了做哦！』

我在已出現裂痕的螢幕上來回捲動，螢幕畫面顯示出吊掛在窗邊的白色晴天娃娃相片。十個以上的晴天娃娃，全都用笑臉在盼望晴天。每一個笑臉的表情都不一樣，有閉上雙眼吐舌而笑的娃娃，也有用溫柔眼神微笑的娃娃，甚至還有上頭畫了閃亮亮光輝記號、露齒而笑的娃娃。

『妳都做這麼多了，明天一定會放晴的。』

我如此回覆。這一天，我沒做晴天娃娃就去睡了。

早上，我一醒來就立刻打開窗簾。

雖然很遺憾，但春奈的願望並未實現，雨還是不停的持續下著。

我放心的鬆了口氣，以趨近倒下去的姿態躺在病床上。胸部的傷口在隱隱作痛。

春奈現在，在做些什麼呢？

是不是站在窗邊，用悲傷的表情仰望天空呢？

不過，這樣就好。就算放晴了，結果也只會讓春奈感到悲傷而已。事情能在沒有破壞跟春奈約定的情況下解決就好。我安心地呼出一口氣。

然而到了傍晚，雨停了。從下午開始雨就逐漸變小，讓我有不祥的預感。現在甚至還可以在雲層之間，看得到一點點天空。

我瀏覽了煙火大會的官方網站，看起來似乎會照預定舉辦。

我大大的嘆了口氣。正當我思索著該怎麼辦的時候，來自春奈的訊息傳送過來了：

『果然我做的晴天娃娃很厲害吧？七點開始哦！等你。』

我沒有回覆，像逃避一般的鑽進病床中。

咚～～一陣巨大的聲音響起。隔了一小段時間後，又一道吵雜的爆炸聲在寂靜的病房中響了起來。那聲音簡直就像在斥責我一般，直抵我的心臟。

從那時候開始，春奈傳送過來的訊息已經累積了好幾則，不過我都沒有回。因為對這個結果，我想不出什麼好藉口了。

我站到窗邊，打開窗簾。

色彩鮮艷的煙火，在完全黑暗的夜空中綻放。在光的顆粒一點又一點的消散時，又一道煙火於夜空中升起盛開；美麗的宛如在漆黑夜空綻放的非洲菊。

我無意識伸手拿起手機，等到我察覺時，已經撥電話給春奈了。

在第三通撥號音響起時，春奈接了。

「……喂。」

久未聽到的春奈聲音，虛弱且帶著哭腔。

「是我，抱歉。我盡了一切努力，但還是去不成，想跟妳道歉。」

在電話的另一頭，也聽得見煙火的聲音。

「……笨蛋。」

「真的很抱歉，沒辦法遵守約定。現在，妳在看煙火嗎？」

「在看呀。」

「我也在看。真的，抱歉。」

雖然是我自己打電話過去，但我不知道要怎麼說才好，總之就是不斷的道歉。

「沒什麼關係啦。不過，在煙火結束以前，要一直保持通話狀態唷。」

「嗯，我知道。」

有煙火連續升空了。春奈那「哇啊，好厲害」的聲音在我耳邊放出來。

我們彼此默然無語了一段時間，只靜靜地凝視著絢爛的煙火。

「總覺得，這場煙火結束之後，說不定死了也沒關係。」

春奈突然如此說。那聲調聽起來並非開玩笑，而是認真這麼想。

「別說那種話。妳要活久一點，我才想著明年一定要真的一起看耶。」

春奈又帶著哭腔，抽噎著說：「嗯，說的也是」。

耳邊可以聽得見她呼氣的聲音，讓我陷入春奈就緊挨在我身邊的錯覺。

我心想，如果這場煙火可以永遠持續下去就好了。

「煙火，很漂亮呢。」春奈說。

「嗯，很漂亮。」我也說。

有一小段時間，煙火停下來了。在完全黑暗的夜空中，只留下煙火的殘像。可能是因為突然安靜下來的關係吧，我們也沉默了。

「其實呢，我……」

春奈似乎想說什麼，但煙火就在這一瞬間再度升空。有好幾道煙火接連不斷的向上發射，看樣子似乎是要到尾聲了。煙火聲蓋住了話音，讓我完全聽不到春奈講的話。

等到煙火施放結束，我反問確認時，春奈回了句「沒什麼」便把電話掛斷。整間病房也在下個瞬間，為寂靜所籠罩。

暑假最後一天，繪里跟翔太來探病了。

彷彿像是那一天的事情並沒有發生一樣，我們又回到了平常的互動。即使這樣，我還是在他們回去的時候，對自己一直不肯坦承這件事表達道歉。在那之後我就一直很後悔，果然還是應該要跟他們兩人說才對。比起用這種形式讓他們知道，我更應該親口好好地告訴他們。

我鄭重道歉後，繪里跟翔太都哭了，然後他們又都對著我笑。

他們露出笑容對我說「早點出院回學校吧」。不是哭著，而是露出笑容對我說，這一點是再好也不過了。

我應該要再多考慮一點繪里跟翔太的心情才對。我如果站在翔太的立場，一定也會很生氣吧？

對他們兩人，我是真的心懷感謝。

在他們回去後，我望向繪里為我買來的十朵色彩繽紛的非洲菊，眼眶含著淚水。

又過了三天，我出院了。

在住院時，我只見過春奈的身影一次。那天因為天候涼爽，我在傍晚時分來到屋頂轉換心情。

春奈的身影就在那裡，她坐在長椅上，似乎一直在凝望著夕陽的樣子。

看著她寂寞的背影，我依然無法想像當時的她會是什麼樣的表情。即使太陽西沉、天空的顏色也變了，她還是繼續在那個地方坐著。

我出院之後，進行了為期三天的自宅療養，又回到學校去上課。

到了學校以後，我發現自己的位子被改到了靠走廊那一列，由後方數過來的第二個座位。好像是暑假一結束就馬上換座位了，看來以後沒辦法再看窗外逃避現實了啊。就在我如此沮喪的時候，旁邊冒出一句「嗨，早坂，我坐你旁邊。聽說你好像住院了，身體好一些了嗎？」

原來是正在將眼鏡由下往上推的高田。

「嗯，這個嘛，已經沒問題了。」

麻煩的傢伙坐到我旁邊了啊。我更沮喪了。

這天放學以後，我前往醫院。

終於可以跟春奈見面了。我在上課中也一直想著春奈的事。自從最後一次跟她見面以來，已經過了大約一個月。對我跟春奈而言，這一個月是多麼珍貴。都怪我，讓這麼貴重的一個月白白浪費了。如果我沒有病倒的話，不知可以跟她見面多少回、和她聊什麼樣的話題、又與她共度多麼快樂的時光。

我必須努力將寶貴的時光爭取回來，從現在起，我打算每天都去見她。

在這之前我先下了公車，去花店一趟。

「哎呀非洲菊小弟弟，好久不見。因為你都沒來，還以為你朋友已經出院了。」

「如果是這樣就好了。今天也是非洲菊，請給我六朵。」

「六朵嗎。」

很久沒有來到這家花店，整體氣氛看起來都跟以往不一樣了。一定是因為店內會隨著季節更新當季花卉的關係吧？非洲菊則一如既往地擺在跟以前同樣的位置。搞不好，是阿姨為了我才持續下單買進非洲菊也說不定。

「好的，請拿好。」

「真是謝謝您。」

我收下非洲菊，正要往花店出口走去時，阿姨突然冒出一句「啊，對了對了」，我轉頭望向她。

「這麼說來，之前你說的孝順父母，做到了嗎？」

「啊啊，呃，這個嘛，是的，算是做到了。」

「哎呀是嗎？你真棒。」

「謝謝。」

我嘆了口氣離開花店。上回如果不要講多餘的事就好了，我很後悔。

走進熟悉的醫院後，我搭上電梯。

我一面體驗著在院內不是穿睡衣，而是穿上很久沒穿的制服走路時所帶來的不適應感，一面前往春奈的病房。然而，春奈並不在裡面。

我離開病房通過護理站，前往交誼廳。在耀眼的交誼廳靠窗戶的位子上，她就在那邊。

就跟我第一次向春奈搭話時一樣，她正在畫畫。她用了好幾種顏色的彩色鉛筆，手的動作完全沒有停歇。

我繞到春奈後面去，探頭望向速寫本。

她正在描繪一張遊樂園的畫。有摩天輪跟雲霄飛車、旋轉木馬等等，簡直就跟相片一樣美麗。令我吃驚的是，她的繪圖功力比以前更加進步了。

春奈察覺到背後有人的氣息，轉頭望來。她以彷彿見到幽靈的眼神一直看著我。

「好久不見，精神好嗎？」

我在春奈旁邊的椅子上坐了下來。

「才不好呢。我還以為你不會再來了。」

「抱歉。之前因為有點忙沒法來，從今天開始，我一樣會每天來的。」

「真的嗎？」

她以小孩子一般的純真表情跟聲音如此說。

「雖然不知道可不可以每天來，不過我會每天來的。」

「什麼啦。」

這時候春奈才終於對我笑了。

「你一直沒來，是在做什麼呢？」

這對她而言是理所當然的問題吧？一個原本隔三差五會來拜訪的男生，突然就不見蹤影，無論是誰都會感到不可思議。

「這個嘛，我是去修行了啦。」

我想不出什麼好藉口，當下脫口如此說。

「修行？修什麼？」

「嗯～～精神方面的修行吧。」

「什麼啦。一段時間沒見，你就變得怪怪的嗎？」

春奈如此說完，便一臉困擾的笑了。

我們在這之後，彷彿要將失去的時間努力爭取回來般，持續不停的說話。我曾一次又一次的想，這樣的時光如果能持續一輩子就好了。

這之後我幾乎每天持續固定去醫院，跟她聊到會客時間結束的前一刻，回家時已經超過晚上九點了。明明難過時感覺總像是度日如年，但高興時，時間卻過得特別快。

然而快樂的時光，並無法持續很久。

隨著日子一天又一天過去，春奈逐漸衰弱了下來。

就算我去探病她也打不起精神，一整天都在睡的日子也隨之變多。

這段「期間限定之戀」的終末日，正不斷逼近中。

原本每天都會互傳好幾通的訊息，也慢慢變少，有時甚至一整天連一通訊息都沒有。

在這樣的時日持續行進的九月中旬，我去春奈那邊探病。

當我走進病房，發現那裡並沒有春奈的身影。被單摺得整整齊齊，原本一直擺在病床桌上的速寫本跟彩色鉛筆也不見了，整間病房被清空。

不會吧……我的腦海浮現不祥的預感。

就在這時，背後突然響起一陣「砰！」的爆炸聲。

我轉頭向後一望，春奈手上正拿著一支拉炮。

「秋人，祝你生日快樂！」

春奈溫柔的微笑著，祝福我的生日。

這麼說來，她很久以前就問過我的生日，看來她似乎還記得這件事。

在我還沒有把謝謝說完以前，春奈突然身體開始搖晃，幾乎要倒下去。我托住了她，將她扶到病床邊。

「對不起哦，我只是有點眼花而已。」

春奈勉強笑著，躺到了病床上。

「狀況不好的話，不用這麼做也沒關係啦。」

「可是，這是秋人一生只有一次的十七歲生日，我就是想幫你過呀。」

春奈堅毅的話語讓我很開心，但我非常擔心她。

「明明你過生日，我卻沒辦法替你準備禮物，對不起。雖然我想過要買販賣部在賣的糕餅點心，可是那些東西秋人你不會想要的對吧？」

「謝謝妳，妳有這份心我就很高興了。」

恐怕，這就是我的人生的最後一個生日了。而春奈正勉力在這一天對我送上祝福。想到這裡，我的心就溫熱了起來。禮物之類的都不需要。春奈明明很難受卻還努力對我送上祝福，她這份溫柔就是最好的禮物。

「其實我是想裝飾些什麼，做一些準備的，可是只能準備拉炮而已，對不起。明明是你的生日……」

「妳放拉炮祝我生日快樂，就讓我非常開心啦。真的，謝謝妳。」

春奈溫柔微笑，隨即在下一瞬間露出痛苦的表情，閉上了眼。

我凝視著春奈的睡臉好一會兒，靜靜地持續撫摸她的髮絲。

我在第二天跟第三天的放學後都去見春奈。春奈的身體狀況可能不太好，她的話變少了。

我鼓勵沒有精神的她，在會客時間結束時才離開病房。

回程的公車裡，我的手機突然響了，於是我將它從口袋裡掏出來。

在送修過後恢復原狀的亮麗螢幕上，顯示來自爸爸的訊息。

『我有重要的事要說，早點回家。』

重要的事是什麼？不知道是好事還是壞事。我怎麼想就是沒有頭緒。

「哥哥，你回來了。」

我回到家時，剛洗過澡的夏海有氣無力的說。夏海已經知道我的病情了。原本一直以為很健康的哥哥突然倒下去，而且還動了手術住院了大約一個月。父母親判定無法繼續隱瞞下去，於是趁我不在的時候坦白一切。夏海知道我的病情後，表現得比以前更加陰沉。

「我回來了。爸爸在客廳嗎？」

「嗯，在啊。」

說完這句話，夏海就迅速上樓衝進房間。最近她一直都是這個樣子。很明顯，夏海在自己房間裡度過的時間增加了。

我一面嘆氣一面走進客廳，爸爸跟媽媽都坐在沙發上。

「你回來了，秋人。」

媽媽說。

「秋人，你坐那邊。」

爸爸指著他對面的沙發道。我照他的話，在沙發上坐下，問：

「重要的事，是什麼？」

在深呼吸過一回後，爸爸開了口：

「是這樣的，在你的主治大夫菊池醫師認識的人當中，有位醫術非常好的醫師。那位醫師好像在美國從事了好幾年的研究，最近才回來的樣子。聽說是一位心臟手術的專家，甚至連移植也可以做。」

爸爸一直注視著我的眼睛，緩緩說出這些話。

「是喔。所以呢？是要我去接受心臟移植嗎？如果是這樣我才不要。我還沒有想活到願意去接收一個陌生人的心臟，而且這要花好幾千萬甚至好幾億日圓對吧？我在其他地方看過資料，聽說就算移植成功之後也會很辛苦，不過我不清楚詳細情況就是了。」

「不、不是這樣的。我的意思是那位醫師或許不需要幫你做心臟移植，而是可以為你動一般手術。雖然要將腫瘤全部切除可能很困難，但如果能切除到某個程度的話，也許可以讓你活得再久一點。他過去曾經執行過好幾次心臟腫瘤的手術，總之是一位相當厲害的醫師。儘管有點遠，不過他那邊的醫院設備也很完善，可以讓你接受最先進的高規格手術及治療。」

我默默思考了好一陣子。可以活得久一點點這種事，坦白說完全吸引不了我。即使我可以多活幾年，又有什麼意義可言？那時春奈一定不在世上了，而我活在那樣的世界，還快樂得起來嗎？

「菊池醫師說他會幫忙寫推薦函。只是……手術成功與否的機會各占一半。不過爸爸跟媽媽都希望秋人能動手術。錢的事情你不用擔心，要不要試試看呢？」

爸爸用從未見過的認真表情如此對我說。被爸爸的氣勢壓制住的我，不自覺地將視線向外移開，回答「難得有這個機會，不過還是算了。反正我還是得死，如果治不好的話就不用動手術了。」

如果現在動手術的話，我又要有一陣子不能見春奈。而且手術費用也相當可觀。即便我走了，爸媽也還要用錢，我不想繼續增加他們的負擔。

「能不能再多考慮一下？如果手術成功，你說不定可以參加成年禮。繼續這樣子下去的話……」

「夠了，不用啦。我這樣子就可以。那麼，我要去睡了。」

我離開客廳衝上樓，雖然聽見了媽媽呼喚的聲音，但我卻連頭也沒回，徑直逃進自己的房間。

夠了，怎麼樣都無所謂。我想待在春奈身邊。剩下的時間，我只願意跟春奈一起過。這樣的時間，我要好好珍惜。所以，已經無所謂了。我打算在親眼確認春奈的死之後，也往生到她那邊去。我不想活在沒有春奈的世界。

我先在床上躺成大字型，凝視著熟悉的天花板，然後閉上眼睛伸手貼在胸口。

噗通、噗通，小小的心跳持續鼓動。只要再努力一下下就好，在春奈過世以前，請不要停下來。在那之後，你要怎麼休息都沒關係。

我在心中對自己的心臟如此祈禱過以後，一滴眼淚從我的眼角滑落下來。

在那之後，我還是每天前往春奈的醫院。最近的春奈已經不怎麼畫圖了。可能是沒有力氣了吧？她呆望著窗外的時間也日漸增加。

我看著她那副模樣，察覺到她真的可能會隨時去往那個不知名的遠方，感到十分恐懼。

在這個九月也即將接近尾聲的星期日傍晚，涼風從病房敞開的窗戶外面吹進來，純白色的窗簾跟著擺盪。就連插在花瓶中的非洲菊，也靜靜的隨風搖曳。

我坐在一聲不響沉睡的春奈旁邊，凝視著她那張安詳的睡臉。

——聽說，我只能再活半年了。

春奈這句話突然在我腦中冒出來。記得在我第一次對她出聲說話的那一天，她確實是這麼說的。從那時候起算，已經快半年了。

期限馬上就要到了。我在剩下的時間裡，還可以為她做些什麼呢？

「小綾，對不起。」

春奈突然說了夢話。雖然聽得不是很清楚，但聽起來確實是這麼說。

就是這個。我還有要幫她完成的事，就是讓三浦來見她，之前儘管因為住院的關係暫時擱置，不過這件事還留待著我去完成。

從那之後我就沒跟三浦說過話，甚至也沒見到面。羞愧的是因為我之前只顧著自己，結果便完全忘了這檔事。

春奈如果就這麼死了一定會後悔。若是沒能跟好友和好就這麼離世，心中一定會有遺憾。

即使動用蠻力也要將三浦帶過來，我下了如此強烈的決心。

第二天，學校一放學我就在校門前埋伏等待三浦。管她是有事要跟朋友去K歌還是要去打工都跟我沒關係，我做好了強制把她帶走的心理準備，將雙臂交疊在胸前等待。

「咦？早坂你還沒有回家嗎？一直站在校門前不動，是要做什麼呢？」

碰巧經過這裡的高田，將他正在看的文庫版書本闔上，一邊將眼鏡由下往上推，一邊這麼說。

如果是邊走邊看手機也就算了，邊走邊看文庫版書本還是先不要。雖然我很想這麼說，不過由於太麻煩了，因此我只輕輕笑著，隨口應付過去。

高田離去後，三浦終於來了。看到她帶著女跟班開心嘻笑的身影，我就一肚子火。

明明妳的好友春奈正在痛苦啊。但這麼想也沒意義，三浦什麼也不知道。

她跟她的女跟班正開心的互相比對著美甲。她將留長的指甲染成粉紅色，甚至還加上了閃閃發光的星星。

如果春奈健康的話，應該會加入那個圈子，染上褐髮、改短裙子、彩繪美甲，盡情享受流行吧？想到這裡，我不知為何非常不甘心，怒意湧上心頭。我將無處發洩的怒氣壓抑下去，主動對三浦出聲：

「抱歉，方便說一下話嗎？」

三浦跟其他女生停下腳步來看我。儘管我感覺自己似乎聽到了咋舌的聲音，可我裝作沒聽見。

「啊啊，是你。有什麼事？」

「去醫院吧。」

我說完這句話，在三浦後面的女孩子就笑了，說：「這傢伙在幹嘛」。

「又是那件事？是說，春奈還在住院嗎？」

「在啊，一直在。」

「哦～～這回住的比我想像還久呢。幫我跟她說，如果早點好起來的話就好了。拜啦。」

三浦隨意抬起手後，便邁出步伐前進。

「要說妳自己說。」

我將原本僅在內心想想的話說出來了。

「咦？」

三浦以略顯驚訝的神情轉頭望著我。

「我叫妳自己說啊。如果妳不去見春奈，不自己親口傳達的話，什麼事都傳達不出去好不好？」

「等等，這傢伙在幹嘛，是怎樣？」

在三浦旁邊，一個高個子化著濃妝的女生瞪著我。她的香水味很重。

「我說你，為什麼要這麼氣啊？你該不會喜歡春奈吧？」

三浦以略顯畏懼的表情這麼說。我原本以為她是個強悍的女孩子，但她似乎被我的激動態度嚇到了。

「這種事情，怎樣都沒關係。總而言之，我希望妳見春奈。」

因為旁邊那個濃妝女人好像隨時都會撲過來的樣子，我盡可能用平靜的語氣說。

「我明白了。我會去，不過下禮拜可以嗎？接下來我要去K歌，這禮拜忙著打工，所以沒辦法。」

「不可以，現在就去。」

我一把抓住她的手往前衝。

「慢著，等一下！幹什麼啦！」

雖然三浦大叫，但我沒有停手。我就這麼把三浦強制拉到了公車站。

「是怎樣啦，真是的。」

即使我放手，三浦也沒有試圖逃走，可能是人都到公車站，也就放棄掙扎了吧。

連自己是病人這件事都忘了的我，拚命跑了這麼一段，正上下晃動肩膀調整呼吸。我不可以在這個地方心臟病發作。我以趨近向後倒下的姿態，坐到公車站的長椅上。

「喂，你在急什麼啊？下禮拜不是也可以嗎？」

已經調整好呼吸的三浦將雙臂交疊在胸前，不滿的說。

「下禮拜的話，就不行了。」

「為什麼？」

「……春奈，活不了多久了。」

「咦？」

雖然我曾經對直接說出來好不好這件事疑惑許久，但為了讓她見春奈，也只能選擇坦誠。

我將一切都告訴她。

「為什麼……為什麼你不早一點告訴我？」

三浦聽完我的話，以極輕的聲音說。

「因為春奈要我別告訴妳，不准我說出來，所以我沒辦法講。」

「可是這麼重大的事，你說了我就馬上會去見她呀……」

三浦細微的聲音，在公車到站的聲音中消失了。

直到抵達醫院以前，三浦一直默不作聲。雖然拿在她手中的行動電話不時震動，不過她沒去接。

抵達醫院後，三浦的步履變沉重了。

「喂，等一下。」

我聽到三浦這句話後轉頭一望，她已經停下腳步、低下頭去。接下來就要去見長久以來一直放著不管的好友了，或許她正在緊張也說不定。

我跟三浦先在一樓的候診室椅子上坐下來。這裡跟我之前住院的三樓以及春奈所在的四樓不同，許多人進進出出，相當吵雜。

「事到如今，我不知道要用什麼臉去見她比較好了。」

三浦以悲嘆的語氣如此說。她看起來相當後悔，這點我也一樣。我應該在春奈還有精神的時候，就像這樣硬帶三浦過來才對。

「春奈她，會不會生氣呀？」

「我想她不會生氣，我從來沒看過她生氣的樣子。」

「她個性是真的很溫柔。」

在沉默一陣子之後，三浦靜靜的開口說：

「我一直認為，春奈的病只要長大後就治得好。我是這麼擅自認為的。國中畢業典禮結束後我去見她時，她就跟平常不太一樣。她叫我不要再來了。我為什麼那時候，沒有好好的聽她說話呢？明明她應該正在心煩呀。」

記得春奈在畢業典禮前沒多久，就從媽媽那邊知道自己餘命無多的事。而她跟我說過她變得自暴自棄，並將脾氣全發洩在三浦身上。春奈對那一天的事，也很後悔——。

我們兩人就這麼默默的在椅子上坐了超過三十分鐘。三浦似乎一直下不了決心，完全沒有站起身來的意思。

不知道是她那些女跟班，還是那些暗戀她的男生打來的，從剛才開始，每隔幾分鐘三浦的手機就在震動。

我將一切交給她判斷。如果她就這麼回去，這樣也沒關係。我能做的就到這裡為止，之後的事就由三浦決定。

「我果然，還是要回去。」

打破沉默的三浦站起身來。我所期待的話語，沒有從她的口中說出來。

「拜拜啦。」

三浦踏步走向大門。

果然，還是不行。我低下頭來，盯著自己有些髒掉的運動鞋。就跟這雙破破爛爛的運動鞋一樣，我的心也破破爛爛。不管做什麼都不順利，春奈在逐漸衰弱，就連我也不知道什麼時候會死。已經，不想管了。

打算回家的我抬起頭來，看到三浦氣勢洶洶的站在大門前面瞪著我，說：

「我說，為什麼你沒有把我拉住留下來呀。都已經硬把我帶到這裡來了，為什麼不推我最後一把呢？」

「咦？呃，因為，妳說要回去……」

「就算真的是這樣好了，有哪個男的會乖乖讓女孩子回去呀。我說你，沒有跟女孩子交往過吧？完全不懂女人心。」

雖然我並不想要知道那種事，而且也覺得這跟女人心有關係嗎？不過因為講出來似乎會火上加油的樣子，所以我將話吞進肚子裡。

「那麼我們走吧。難得妳都到這裡來了，就往這邊走，跟我來。」

我朝電梯方向走去，並回頭向後瞥了一眼，她已經心不甘情不願的跟了過來。雖然我覺得她是個讓人搞不懂的女生，不過我的嘴角還是自然而然的上揚了。

我們搭上電梯前往四樓。

來到春奈的病房前，三浦站住不動了。

「果然，還是回去好了。」

「我是不是阻止妳比較好？」

「你很煩耶。」

「好了，進去吧。」

結果就算我想阻止還是會被罵啊。我沒把這話說出來，而是等待她做好心理準備。

等了幾分鐘以後，她終於下定決心。

「如果礙到妳們的話，我可以在這裡等。」

「不用等也沒關係，一起進來。」

「……好。」

我們敲了敲門，但沒有回應。

我們慢慢將門打開，春奈在病床上坐起身子望著窗外，這是她最近常見的神態。即使我敲門，她也經常因沒有察覺而發著呆。

「秋人？你來看我了。」

春奈隨著關門聲轉頭望向我。三浦則在一瞬間往我的後面躲去。真是的，都到了這個關頭還那麼不乾不脆。

「後面有誰在嗎？」

「啊啊，呃，稍等一下。」

我迅速轉身，繞到三浦後面並將她的背部向前推。

「咦……？」

春奈瞪大了眼睛一直看著三浦。而三浦這位最重要的當事人，卻將頭低下去，連看都不看春奈一眼。哎真是的。

「小綾？」

春奈先叫喚她的名字。

「……嗯。好久不見了。」

三浦只瞥了春奈一眼，就又馬上低下頭。我不知道該怎麼做才好，總之就先在一旁靜靜觀察。

「妳來看我了呢，謝謝。能看到妳我很開心。」

「不會。怎麼說……對不起，我這麼晚才來。」

「小綾妳不需要道歉呀。因為錯的人是我。」

春奈的聲音顫抖了起來。仔細一看，她也淚眼汪汪了。

「春奈沒有錯……我、很想跟春奈見面、說對不起。我一直、很後悔。明明早坂一直叫我來，叫到像要跟我拚命似的，我卻、一直在逃避。春奈竟然馬上就要死了……我、完全都不知道……對不起……對不起……」

大滴的淚水，一顆一顆的從三浦的眼裡落下。春奈那雙大眼睛也流著淚。她一面哭一面看著我這邊。說「看」其實不太對，應該說「瞪」著我這邊。

因為她不准我說的關係，有這種反應也是理所當然。我雙手在胸前合十，以不出聲的方式對她表示歉意。

「妳從秋人那邊聽說了吧？我也一直很想跟小綾見面呀。在逃避這一點上，我也是一樣。對不起，那時候我說了很過分的話。」

「就說春奈妳不需要道歉。我在那個時候，如果能好好的聽妳說話就好了。都是叫我不要來，就真不來的我有錯……」

兩邊都很有道理。雖然春奈也有錯，不過三浦好像更理虧一點點吧？聽著兩人對話的我如此心想。

然而，春奈搖了搖頭，說了句「才沒有這種事呢」，加以否定。

「我說春奈，不是真的吧？馬上就要死什麼的，其實不是真的吧？」

「……是真的哦。可是，因為跟小綾見到面，所以我已經心滿意足了。這樣一來，我就沒有遺憾了。」

春奈以顫抖的聲音如此說完，三浦就宛如失去控制一般痛哭出聲，同時嘴裡不斷說著「對不起、對不起」，反覆道歉。

就在我不知所措的時候，春奈也哭出聲來了。

「錯的人是我，不要哭。」春奈一邊哭一邊說。

「不對，錯的人是我，對不起。」三浦也一邊哭一邊說。

這種對話持續了一段時間，兩人都互不相讓。在這種時候該怎麼辦才好，其實我沒概念。

我來回看著一直在哭的兩人，殘忍且冷靜的思索著該如何應對。

安慰她們。我認為這是個不錯的策略。不過，我實在想不出可以讓這兩人停止哭泣的適合話語，所以駁回。

不然我也一起哭好了。但光想像就覺得場面太混亂，所以駁回。

趁她們沒發現，靜靜走出病房。就是這個。讓她們哭到舒服為止是最好的。我可不能妨礙這場感動的再會。

最重要的理由是，我想盡早脫離這個地方的心情非常強烈；因此我打算實行這個方案。

「你要去哪裡呀，笨蛋。」

在我伸手碰到門的瞬間，三浦注意到了。

「我想說在這裡會妨礙妳們。」

「沒這回事，你就待在那裡。」

「秋人，無聊的話你可以去畫畫。」

抽噎哭泣的春奈，指著速寫本對我說。兩人的語氣都像在勸戒小孩子一樣。

過了一段時間後她們停止哭泣，熱熱鬧鬧的訴說著回憶。包括國小跟國中時的老師以及同學的事情，還有最近的事在內，她們暢所欲言到彷彿把時間跟我的存在都忘記了一樣。

就在我完全化為擺設物品的時候，三浦說朋友已經擔心到聯絡她好幾遍，所以她今天不得不回去了。

兩人交換了聯絡資訊後，三浦滿面帶笑地揮手，「我明天會再來的」。在三浦回去時，她低聲對我說了句「謝謝」。

因為一直在椅子上坐著的關係，感覺屁股開始痛起來的我起身站立，讓春奈的身體抖動了一下。

「不要突然動啦，嚇了我一跳耶。」

看樣子我似乎真的被當成擺設物品了。

「不過，謝謝你，把小綾帶過來。我以為已經見不到面了，但真的能見到面，還是非常開心。」

「我也很開心。哭到一把鼻涕一把眼淚的春奈，我還是第一次見到。」

我說完這句話，春奈就滿臉通紅低下頭去，說：

「別捉弄我啦。不過，這次多虧了秋人，真的謝謝你。這樣一來我就算死也無悔了！就這樣。」

春奈如此說完後便溫柔的笑了。我並不想聽這種話。

「妳在說什麼啊？明年，我們不是約好了要一起看煙火嗎？在那之前是不可以死的。」

「破壞約定的人還真敢說。算了，我知道啦，我會努力的。」

說完這句話之後，春奈就默默的在病床上躺了下來。一定是說了太多話結果累到了，我差不多該回去比較好吧？如此心想的我將雙眼移向掛在牆上的時鐘，距離會客時間結束，剩下不到十五分鐘。

「感覺我呀，每次都總是讓秋人幫我做事，卻沒辦法給你什麼回禮，對不起。」

春奈保持橫躺的姿勢看向我這邊，以虛弱的聲音如此說。「對不起」這句話，今天已經不知道聽了多少次；但當中只有現在這個「對不起」，雖然虛弱、卻響徹我的內心。

「不用在意這種事沒關係啦。我也受到妳很多幫助，只要跟春奈在一起，討厭的事情都可以全部忘掉。所以，沒關係。」

「討厭的事情？」

我被她的話擊中要害，只能選擇沉默不語。春奈也沒再繼續追問，一直靜默無聲。

因為沉默的時間有點長，所以我探頭望向春奈的臉。她已經睡著了。

我輕輕地將被單蓋到了她的肩上。

落淚的理由

三浦在那之後，幾乎每天都會去見春奈。她在有打工的日子就會盡力擠出三十分鐘跟春奈見面，然後才去打工。有人開始說她越來越不好相處，她的女跟班所組成的小圈圈也開始將她排除在外。

即使如此，三浦依舊不以為意。她總是說：「我跟那些女孩子隨時都可以玩，但現在我想跟春奈在一起，所以沒差」。

她這樣並不是在逞強，而是真心這麼想。三浦像是要將她跟春奈之間的空白時光彌補回來似的，持續不斷地去春奈的醫院報到。

我當然也不會輸給她，經常跑去探訪春奈。由於從學校回去的路上我跟三浦一起走的次數也變多的關係，因此大家又都開始謠傳我們在交往。

我對繪里跟翔太說，是去一個自己在住院時交到的朋友那邊探病。

我跟三浦不論是在下雨的日子還是颱風的日子，都會去見春奈。如果花枯萎了就去買非洲菊。當我帶三浦去買花時，花店阿姨看上去有些驚訝。她稱讚三浦是個貌美如花的女孩子。因為被問到她是不是我女朋友，於是我明確否認：「她是我那位住院朋友的朋友」。

自從三浦來了以後，春奈的病房變得熱鬧起來。我在高興之餘，也感到有些寂寞。

我將春奈交給了三浦，自己也開始增加跟繪里與翔太共同度過的放學時光。不光只有春奈而已，我剩下的時間也不太多。雖然最近完全沒有出現症狀，但我也離死期越來越近了。

爸爸和媽媽還是時常問我要不要去動手術，不過每次都被我拒絕。所謂延長幾年壽命，其實也代表父母親要多擔心跟辛苦幾年。我認為自己早一點死，多少減輕一點父母親的精神負擔才算得上是孝順。如果要說現在的我能夠做到的孝順方式，大概只剩這件事了吧。

「對了秋人，過幾天，有學園祭對不對？我聽小綾說了哦。」

十月中旬，我在春奈的病房被她如此詢問。這個月的最後一個禮拜，我上的高中將要舉辦學園祭。

「啊啊，好像有。不過我沒興趣就是了。」

「小綾的班上，聽說要演戲！我跟她約好了要去看。聽說小綾要演主角！」

三浦班上的活動節目是演戲這件事，我是從跟她同班的翔太那裡聽來的，似乎要演白雪公主。不過三浦扮演白雪公主這一點，我就是第一次聽說了。確實如果是她的話會相當合適。

「妳說約好了，是可以外出了嗎？不要勉強會不會比較好？」

「沒問題！最近我的狀況穩定下來了，而且我覺得只要去拜託媽媽的話，一定就可以外出！」

春奈開心的說。三浦今天因為有演戲的練習，難得沒有過來這裡。

「對了，秋人你班上會做什麼呢？」

「會做什麼啊。這個……沒錯，是巧克力香蕉。他們說要做巧克力香蕉，然後在教室裡賣之類的。」

好像是上個禮拜的班會決定的。由於我完全沒興趣，因此那時只顧著畫畫。說起來，要我回想當時在畫什麼搞不好還比較容易。

「巧克力香蕉不錯耶！我要去吃你做的巧克力香蕉！」

春奈以簡直就跟愛上王子的白雪公主一樣的閃閃發光眼神如此說。看來她真的非常期待。

我則感到些許不安，不知道她要不要緊？春奈剩下的時間應該不多了。但我不願意再想下去，於是微笑著說：「我會等妳的」。

三浦在這之後，也利用她打工與練習演戲當中空出來的時間過來見春奈。我則一邊爭取跟繪里、翔太相處的時間，一邊抽空前往春奈的醫院。

我發自內心慶幸班上要賣巧克力香蕉。它不像其他班級打算要辦的鬼屋，或者是三浦班上的戲劇表演，幾乎不需要準備跟練習。只要記住食材跟製作方式，接下來直到學園祭當天都不用做事。我第一次認為在這個班上實在是太好了。

學園祭前兩天，我跟春奈上了很久沒去的屋頂，度過一段只有兩人的時光。三浦因為要在最後階段全力以赴準備，所以今天也在排練。

「春奈，不冷嗎？要不要借妳外套？」

「不用了，沒關係。借我外套的話，就要換你感冒了。」

「沒事的，我好得很。」

「才不好呢。」

春奈一面說，一面在長椅上坐下。她眯起眼睛，眺望著逐漸西下的夕陽。她那張側臉看上去雖然寂寞，卻也美麗。

「總覺得我們這樣子，有點像在約會。」

「嗯，不過如果是約會的話，穿睡衣就不行了吧？」

我笑著說完這句話，春奈也溫柔的笑著說了句「是啊」。她的笑容，不知已經治癒了我多少回。

「明天要下雨了。」

春奈抬頭仰望天空，低聲如此說。橙色天空中的高積雲已經擴散開來。

「我知道，聽說明天開始氣溫好像就會急速下降。」

「這樣啊。那麼，今年就不能再到這裡來了吧？明年……就跟我沒關係了……」

春奈以自虐的口吻這麼說。而我，則無法回應這句話。

在一段時間的沉默之後，春奈慢慢的開啟話題：

「秋人，你很久以前，曾經問過我有什麼想做但還沒去做的事對吧？」

「……啊啊，有啊，真令人懷念。」

「那時候雖然我說沒有，不過其實是有的，可事到如今，也已經太遲了。」

春奈以自虐的表情笑了。

「是什麼事？」

「其實我呀，只要一次就好，想好好談一場戀愛。我想要試著去喜歡某個人，讓某個人喜歡我，讓那個人幸福，營造快樂的回憶。」

我低下頭，回答了一句「是嗎」。該怎麼回應才好？我無法將話語好好的說出來。春奈為什麼要開啟這種話題呢？或許因為眼前寂寥的秋季夕陽，讓她有了感傷的心情吧。

「可是，我不知道自己什麼時候會死，而且我覺得就算去喜歡一個人，也只會換來空虛的結局，所以我沒有那個勇氣。」

春奈在低聲如此說後，一直望著染上橙色的天空。

她這段話，讓我內心刺痛不已。

我也一樣。我懂春奈的心情，簡直到了痛徹心扉的程度。因為太過感同身受，所以才更加痛苦。

「我想，就算現在才開始也還不晚。戀愛這種事，應該要更自作主張一點才好。如果因為剩下的時間不多就放棄談戀愛，這樣子只是在逃避而已……大概吧。」

原本呆望著夕陽的春奈聽了我這番話，突然回過神看向我。她的眼中噙著淚水。

我被自己這番話逗笑了，心想我在講什麼？我自己也是用生病當理由去逃避啊。我放棄了曾經喜歡過的繪里，愛上了相同境遇的春奈。若是同屬行將死去之人的戀情就可能會被允許吧，我最早是這麼想的。

不過現在不一樣了。我是真心喜歡春奈的。即便我的病能治好、恢復健康，我還是想待在春奈身邊。

那部曾經跟繪里與翔太一起去看的電影主角的心情，如今我懂了。

「已經來不及了。我被宣告餘命半年，如今時間已經快到了，不可能有人會喜歡這樣的我呀。」

春奈沮喪的低下頭去，一滴眼淚從那雙眼裡落下。

「有喔，絕對有。」

「咦？」

春奈睜大雙眼看著我。那純粹且直率的眼神弄得我有些不好意思，只好稍稍撇過頭。

「妳知道的，因為妳完全就是很有精神的樣子，所以醫師不過是故意把妳的餘命講短一點而已。我認為妳還可以活很久，不用這麼膽小啦。」

我滔滔不絕的快速說著。

春奈則露出困擾的神色，哭笑不得的說：

「說的也是呢。不管怎麼說，拿生病當藉口逃避的確不太好。你說的沒錯，我會試著努力看看。」

春奈的美麗淚水，從她微笑揚起的眼角滴下。在夕陽餘暉的照耀中，閃亮的淚水落在她的腿上。

回程的公車上，我一直在後悔。在那個時間點，我就應該將我的病情對春奈說出來才對。儘管這樣，我還是什麼都說不出口。

如果跟春奈坦白一切的話，她是會哭泣呢，還是會生氣呢？會不會因為我隱瞞到現在，結果被她討厭？想到這裡，我就沒辦法鼓起勇氣開口。一定會讓她和翔太一樣失望，跟繪里一樣難過的。

有句俗話說：「什麼都不知道的人是幸福的」，什麼都不知道一定比較好。沒錯，就這麼辦，就把這件事帶進墳墓去吧。

我如此說服自己，並下了公車。可是這樣做真的好嗎？我又無法抑制地陷入煩惱的心緒。

我就這麼毫無準備的迎接學園祭當天。

春奈得到了外出許可，會配合三浦的戲劇上演時段，在下午的時候跟媽媽一起過來。由於這是第一次在病房以外的地方跟春奈見面，因此我有點緊張，從一大早就冷靜不下來。

我在比平常還要早的時間到達學校，校內已經有一大票學生嘻笑喧鬧，總之就是很吵。一進教室，便馬上進行準備工作。

我把昨天不知道是誰大量買來的香蕉皮剝好，用菜刀切成兩半。基於節約經費的理由，我們並不用一整根香蕉，而是將半根香蕉以一百五十日圓的價格販售。真是個小氣的班級。

「秋人，接下來用免洗筷插香蕉。注意別弄壞了，要靜下心去插哦。」

繪里溫柔的這麼說。水藍色的圍裙穿在她身上非常好看。

我先將切成半根的香蕉用免洗筷插好，然後就把不知道誰上網買來、超容易結塊的巧克力香蕉專用巧克力粉裝到容器內，再將香蕉往容器中放下去。基於節約的理由，我們並沒有讓巧克力沾到香蕉最底端。真是個小氣的班級。

最後我們塗上了多樣顏色的巧克力米就算完成。當然，只塗上一面。

開店之後，巧克力香蕉以遠超想像的歡迎程度陸續賣了出去。感覺上滿方便食用的大小以及符合學生消費能力的價格設定發揮了功效，銷售速度還不算太差。

我也偷偷拿了一根試吃，發現不但方便食用，而且相當好吃。

三浦也過來吃了巧克力香蕉，不過她可能是因為稍後要準備演戲的關係，表情十分緊張；甚至連收錢並將巧克力香蕉交給她的人是我這件事，都沒有察覺到。

而春奈則是在中午過後抵達。

「秋人，我來囉。」

身穿駝色開襟毛衣與方格條紋裙子，胸口也結上紅色緞帶的春奈羞澀的看著我，說：

「好看嗎？這個，是我在國中的時候常穿的衣服。」

春奈微微伸張雙手展示給我看。

「嗯，很好看。」春奈那極度耀眼的身影，讓我不禁將眼睛移向別處之後才說。

「謝謝。」

我又將眼睛移向春奈，她正不好意思的笑著。看著春奈這身跟以往睡衣截然不同的打扮，我一瞬間心動到誤以為快心臟病發的程度。

「這個，請妳吃。」

我強裝鎮靜，將預計給春奈跟她母親的兩根巧克力香蕉交到她們手上。

「謝謝，看起來好好吃！」

春奈將巧克力香蕉塞進嘴裡，吃得十分香甜。她的身體狀況似乎還不錯。

「是秋人認識的人嗎？」

繪里過來問道。

「啊啊，嗯，是認識的人。」

「這樣啊。換班的時間馬上就到了，你們要不要一起去繞一繞？」

「可以嗎？」

「嗯，可以哦。」

我接受繪里的好意，從顧店的任務中解放出來。

春奈的母親則很貼心的為我們著想，說：「你們兩個人就去繞一繞，路上小心」。

「剛剛那個女孩子，就是你以前說過的兒時玩伴？」

「嗯，是啊。」

「哦～～是個可愛的女生呢。」

「是嗎？」

我跟春奈在喧鬧的走廊上一邊走一邊聊。我還是無法相信能夠像這樣在學校跟春奈並肩閒逛。我壓抑興奮的心情，配合春奈的步伐前進。

我們去了其他班級開的女僕咖啡廳跟可麗餅店之類的地方，而春奈一會兒說要去那邊，一會兒又說要去這邊，總之就是要我跟著她跑。雖然春奈說她也想進去鬼屋玩，不過我擔心她的身體狀況，事先阻止了。

「抱歉，可以休息一下嗎？」

當我們在戶外的攤位區邊走邊張望的時候，春奈出聲說想休息並在附近的長椅上坐下。仔細一看，她的額頭已經滲出了一點汗水。

「沒事吧？我去買個飲料過來，妳先在這裡等一下。」

我將虛弱的春奈留在原處，到自動販賣機買了蘋果汁。

春奈一定是明知身體不好，卻還勉強自己過來。其實以她的狀況來看，應該沒辦法外出才對。儘管如此，她還是非常期待這一天，也終於撐到這裡來了。雖然我想去跟春奈的母親說一聲，但想起春奈剛剛玩得一臉興奮的模樣之後，最後還是決定沿著來時路，回到春奈身邊。

「來，蘋果汁。」

「謝謝。」

春奈咕嘟咕嘟的喝著紙盒裝的蘋果汁，對我展露笑容，身體狀況應該是穩定了點。

「果然來是對的，我現在非常開心。」

「這樣就好。如果不舒服的話要講，我會去叫阿姨過來。」

「沒問題啦。小綾班上的表演差不多要開始了，去體育館吧？」

春奈來回觀看學園祭的節目表跟手錶這麼說。於是我們前往體育館。

「啊，在這在這。」

我轉頭往聲音的來源望去，春奈的母親以小跑步衝過來，她單手拿著手機，看起來有些焦慮的樣子。

「媽媽，怎麼了？」

「抱歉小春，媽媽有點急事，不得不回醫院。所以不好意思，今天我們就回去吧？」

春奈的表情一下子陰沉了下來。她在說了聲「可是……」之後似乎又想說什麼，肩膀沮喪的垮了下去。

「妳已經玩得夠開心了吧？下次我們再出來玩吧？」

春奈沒有回應。對她來說，不見得還有所謂的「下次」。說不定今天，就是她能外出的最後一次機會。更何況別說下次，春奈甚至連有沒有明天都不確定。當然這些話，在我身上也說得通就是了。

「是這樣的……我會負責把春奈送回醫院，請讓她繼續在這裡一個小時就好。春奈一直很期待去看三浦的舞臺演出，拜託您了。」

我深深的低下頭去。春奈從好幾天以前，就一直期待著這場演出；而三浦也為了春奈，每天努力排練。「至少再給她一個小時就好」，我繼續低頭說道。

「呃，可是……」

「媽媽，拜託了，讓我在這裡再待一會。」

春奈也跟著低下頭來。春奈的母親十分狼狽，說：「我明白了，你們兩個都抬起頭來」。

「那麼，一小時以後就要回來喔。如果有什麼事，要馬上聯絡。」

春奈臉上瞬間綻放光彩。我再度低下頭，說了一句「真是謝謝您」。

在目送春奈的母親離開後，我們往體育館的方向移動。

由於剛剛的節目是三年級學長學姐的樂團演奏，因此許多學生早已將館內擠到水洩不通。

我抓住有些畏怯的春奈的手，找到空位坐下。

「很期待吧？」

「嗯，對呀。」

幾分鐘後，通知三浦班上戲劇開演的廣播聲響了起來。

可能也是因為頗受歡迎的三浦登臺演出的關係吧？不斷有人聚集到體育館來。

「接下來是由二年E班所演出的話劇，白雪公主。」

館內轉暗，聚光燈打在舞臺上的解說者身上，白雪公主開演了。

演女王的人，是一年級時跟我同班的搞笑咖竹本。在扮女裝的竹本搞怪演出下，整個館內陷入爆笑狀態。

之後在竹本誇張過頭的演技下，也帶動了一波又一波的笑聲。

燈光轉暗，場景更換，主角白雪公主登場了。聚光燈打在舞臺上，扮演白雪公主的三浦就在那裡。

從她登場之後，館內氣氛瞬間一變。直到剛才還存在的搞笑場面完全消逝，空中瀰漫著緊繃的氣息。三浦演得十分認真，緊張感甚至可以傳到觀眾席上。原本一直引人發噱的竹本，也在三浦的演技帶動下，進入了正經模式。

三浦的優秀演出，讓館內裡的每個人都看到入神。包括坐在旁邊的春奈，還有我。

故事進入尾聲，騎著白馬的王子登場了。演王子的人是翔太。

王子親吻了白雪公主，白雪公主甦醒過來。在親吻的那瞬間，可以聽到好幾個女學生高聲尖叫。雖說我事前聽說親吻只是借位，但在我看來，他們似乎是真的親下去了。

戲劇結束後，館內倏地響起熱烈的掌聲。

「小綾，好漂亮喔！」

春奈淚眼汪汪的說。

「嗯，是啊。」

春奈說的沒錯。舞臺上的三浦跟平常嘴巴很壞的她，完全就是兩個不同的人。儘管是很老派的說法，可她簡直就像被白雪公主附身了一樣。

我們離開了還沉浸在餘韻中的體育館，等待三浦。

「春奈！謝謝妳過來！」

等了一段時間後，三浦穿著白雪公主的服裝，走出來緊緊擁抱春奈。春奈害羞的笑著，說：「小綾，妳好漂亮」。

三浦很快就被眾多學妹包圍，被追著要拍照。

「抱歉春奈！晚點再聊！」

今天誕生的超級女明星說完這句話後，就被簇擁著回體育館了。不過她還是老樣子，沒有察覺到我的存在，這點我滿在意的。

「今天可以來實在是太好了，我真的好高興。」

春奈笑著說。對我而言，她看起來彷彿在流淚。

我跟春奈在這之後，一起坐上公車前往醫院。

車內十分擁擠，空位只有一個。我當然是把位子讓給春奈。

春奈小聲說了一句謝謝就坐在椅子上。可能是因為相當疲勞的關係，春奈就只是看著窗外，沒再開過口。

我抓著吊環，將體重整個靠上去，隨著公車搖晃。

無意間我將視線移向春奈。現在，在我眼前的人，是春奈。是平常只能在醫院裡面的，那個春奈。仔細想想，我果然還是會覺得害羞；但是，我也懷著跟這份害羞同樣分量的欣喜。

數十分鐘後，公車通過了花店前那一站。就在這時，春奈發聲了：「快看那個！」。

我將眼睛望向窗外，一名二十多歲的女子正從花店走出來。女子用手臂滿滿抱住一大把花束，以幸福的笑容輕快步行。那些花，全都是非洲菊。

「那些非洲菊，會有多少朵呢？」

春奈將身體探了出去盯著窗外。

雖然公車加速行駛，不過春奈依然轉頭向後，目光緊隨那把非洲菊，直到看不見為止。

抵達醫院後，由於春奈說要換衣服，因此我在病房前面靜靜等待。

「已經好了哦～～！」

在聽到了類似捉迷藏的叫喚聲後，我進入病房。春奈一如往常穿著睡衣，躺在病床上。

「春奈，其實妳的身體狀況並不好對吧？」

「嗯，是有點。不過，我勉強自己過去是對的。」

春奈以虛弱的語氣說。

在這之後我們稍微聊了一下，我想她應該已經很累，所以今天也差不多要回去了，於是起身站立。

「我說，如果，我死了的話，」

春奈說到這裡就閉口不說了。即使在談論假設，我也不願去想春奈死了之後的如果。

「你會親吻我，讓我甦醒過來嗎？」

我本來以為她是不是在開玩笑，但她一臉認真的凝視著我。

在我困惑著不知如何回答時，春奈露出惡作劇般的笑容說：「開玩笑的啦」。

如果她能像白雪公主一樣真的甦醒過來，我應該會毫不遲疑的親吻她。然而，春奈不是白雪公主，我更沒辦法像那個王子一樣拯救他重視的人。任何事情，我都沒有能力為春奈做；想到這裡我就覺得自己好悲慘、好沒用。

「咦……秋人，你怎麼了？」

「呃？」

「為什麼，你在哭呢？」

不知不覺，淚水滑過臉頰。我連忙去擦眼淚。

「對不起啦？我開玩笑的哦？你就這麼討厭親吻嗎？我開玩笑的，你不要哭嘛！」

宛如在哄小孩一樣的春奈，以半著急半開玩笑的語氣這麼說。又掉了一滴淚的我，勉強擠出了笑臉回應：

「我不是那個意思，該怎麼說？妳知道的，我只是回想起剛才三浦演的白雪公主而已。因為她的演技實在是太棒了……」

我在拙劣解釋的同時，眼淚仍然撲簌簌的落下。不管怎麼擦就是止不住。

「尤其是，最後倒下去的那個地方，真的很厲害，怎麼講，該說是感動呢還是……」我的聲音顫抖著，極力將落淚的理由蒙混過去。眼淚不停的流，沒有停止的跡象。春奈嘴裡說著「嗯，是這樣的啊。嗯、嗯」，跟著我一起哭了。我們兩人，大哭了一場。哭了一陣子以後，春奈可能是因為哭累的關係，不知不覺中睡著了。感到坐立不安的我一踏出病房，流著淚的三浦就站在病房正前方。我將臉撇往別處，離開現場。

等到眼淚止住，已經是我來到公車站以後的事了。

第二天以後，我們三人又若無其事的在春奈的病房裡聊著學園祭，隨意閒扯一些沒營養的話題，過著一如往常的時光。春奈的身體狀況究竟算好還是不好其實有點難判斷，畢竟也不是每天都能見到她。

學園祭結束之後，三浦便對我溫柔了起來。就我的觀點而言，與其說是溫柔，不如說是她還沒有從白雪公主的角色中完全脫離。看樣子三浦似乎是典型的附身型女演員。即便我覺得反正都這樣了，就這麼讓白雪公主附身一輩子也不錯，可是在一個禮拜以後，她又恢復成原來的三浦了。

恢復之後的她對待我比以前更嚴格，一下子說我跟春奈太親密了，一下子又說我跟春奈的距離太近了，就像是個過度束縛男朋友的有病女人一樣。她還會進一步這麼要求我：不要叫「春奈」，要叫「春奈小姐」。

雖然我曾經感嘆，只屬於我跟春奈兩人的快樂時光到底去哪裡了；不過這樣子也還滿快樂的。更重要的是春奈樂在其中，我就開心了。

其實，我最近的身體狀況也不太穩定。這幾天持續在發燒，甚至還一度在春奈面前站到暈眩，讓她擔心不已。

我依然固定每月回醫院一次進行檢查。由於病況發展似乎不太妙，菊池醫師每次看診時面色都相當凝重。

「對了秋人，畫一張我的畫像吧。」

這一天，我們兩人在春奈的病房裡聊天，突然春奈脫口提出這樣的建議。雖然我有些困惑，但還是回了一句「好啊」，並打開速寫本。

春奈在病床上起身坐好，雙腿隨意交疊，將頭髮撩到耳後並害羞的笑著；這動作讓我一瞬間心跳加速，只得低下頭去。然而我不可能不去看繪畫的主題，於是我迫於無奈再度望向春奈。

我先從輪廓開始畫。在呈現出某種程度的形態之後，再來就是畫出大概的表情以及光澤的頭髮。因為平常很少描繪人物畫的關係，我在苦戰狀態之下舞動鉛筆。

「一直要保持同樣的姿勢，還滿累的耶。」

才過了幾分鐘，春奈就苦笑著偷動身子了。

「累的話躺下來也沒關係。再來我會靠想像去畫。」

「不用了，沒問題。」

春奈一面說著，一面用力使勁將背挺直。由於脖子上面已經描繪完成的關係，接著就是要畫春奈那纖瘦的身體了。

在睡衣底下可以隱約窺見的美麗鎖骨，略為隆起的胸口，還有雪白細長的手指。因為直到目前為止，我都從未如此全心全意凝視過春奈的緣故，導致心跳開始愈發激烈。

在重回一片靜寂的病房中，唯有鉛筆的聲音沙沙作響。我隨著繪畫持續進行，越來越感到害羞，最後只能草草完稿。

「已經畫好了嗎？」

「嗯，畫好了。」

我把速寫本交到春奈手上。

「哇啊，果然秋人你很會畫耶。」

「是嗎？」

春奈露出笑容，專注凝視著我描繪的畫。

「啊，不過有一點可惜呢。」

「妳說可惜，是指什麼？」

春奈露出惡作劇般的笑容，用食指指向自己的眼睛，說：

「你看這裡，我的眼睛底下有一顆痣。」

「咦，有嗎？」

我坐到病床上凝視著春奈的眼睛。的確，在她的右眼底下有一顆小痣。

「這裡不好好畫出來不行哦，因為是我的萌點嘛。」

我跟春奈的距離好近。因為讓心跳繼續加速下去對心臟不好，我站起身想坐回椅子上。就在此時，春奈觸碰了我的手。

「……春奈？」

她持續握著我的手，將頭低了下去。那手既溫暖、又柔軟。我在病床上坐了下來，探頭看著春奈的臉。春奈則抬起頭來，回望著我，臉頰微微泛著紅潮。

我們就這麼互相凝視了幾十秒。在讓人以為時間已經停止的寧靜中，這一瞬間，確實就是僅屬於我們兩人的世界。

突然，病房門開了，我立即跟春奈拉開距離。

「咦，我該不會是在最糟的時機開門了？」

站在病房入口，以雙手掩嘴像是要隱藏表情的三浦，有些尷尬的說。

「啊，我再不走的話會被家裡罵的。」

我沒再看春奈，彷彿像逃跑一般離開病房。

即使搭上了公車，胸中的悸動還是無法壓下去。

下一次見春奈的時候，我並沒有特別感到尷尬，春奈似乎也一副毫不在意的模樣，所以我安心了。不過相對的，我則是被三浦緊緊盯上，她說如果我對春奈出手，可不會這樣就算了。

又過了一個禮拜之後，春奈的身體狀況急遽惡化。

這一天我從學校回去時，跟著三浦一起去春奈的病房探訪。然而，她的病房中沒有任何人在，交誼廳也沒有，就連已經完全轉涼人群也大減的屋頂上，都找不到她的蹤影。

我們再度回到春奈的病房，問了正好路過的護理師。聽說春奈從早上就開始發燒，到了傍晚依然沒有退燒，還短暫陷入呼吸衰竭，被送往加護病房。

幸好目前情況穩定，如果能繼續恢復的話，明天應該就可以回到一般病房了。

由於加護病房謝絕訪客，因此我們見不到春奈。

「沒事吧，春奈。」

三浦在等公車的同時，面露愁容低聲說。

「我想會沒事的。應該。」

「應該是什麼意思啦。」

我沒回話，三浦也沒有再說任何話。

我很後悔。我曾經不斷想過，這個日子遲早會來。今天幸好是她撐下來了，但只要有一步差錯，春奈或許就死了也說不定。即使大限總有一天會到，我跟春奈也都不曉得究竟是不是今天。

假設春奈現在就死了，我跟春奈最後一次對談的話語會是什麼呢？我想不起來。

我總是在逃避眼前的現實。應該還沒關係吧？大概還沒關係吧？直到幾天前，我看著笑得十分開心的春奈時，內心還一直這麼想。不過，春奈的大限早就已經過了。我沒有接受眼前的現實，卻選擇將視線移往別處。實際上並非「應該還沒關係，大概還沒關係」；而是「明天或許就是最後一天，今天或許就是最後一天」；得用這種心態跟春奈相處才對。

要用這種心態對待的，不光只有春奈而已。儘管我都在擔心春奈，但我也是個不知道什麼時候就會死的人。我的心臟或許明天就會停，又或許今天就會停；我必須要將這點緊緊牢記在心才行。

沒多久公車到了。我們無言搭上公車，各自踏上歸途。

春奈醒來，已經是再兩天之後的中午時分。

我在午休時間正獨自吃便當的時候，來自春奈的訊息傳送過來了：

『感覺好像讓你擔心了？對不起，我已經沒事了，有空的時候再過來玩吧。』

我立刻輸入了回覆：『今天學校上完課就過去』。

為了遮掩嘴邊的笑容，我將便當飯菜一口氣扒進嘴裡迅速吃掉。

到了放學時間，我來到三浦的教室。因為我心想，春奈的訊息一定也有傳送到三浦那邊去才對。

「秋人？怎麼了？」

跟三浦同班的翔太正好從教室出來。他接下來應該是要去社團活動，肩上正揹著一只亮皮運動包。

「我有事情要找三浦。」

「三浦？三浦的話中午就早退了喔。感覺上與其說早退，不如說是翹課回家吧？看手機看到下一秒就衝出去了。」

「……這、這樣啊，了解。」

如果我也早退就好了。我一面如此感嘆一面走向公車站。

我想的沒錯，當我抵達春奈的病房時三浦已經來了。雖然我講了她一句「別翹課啦」，不過她回了一句「早坂原來把學校看得比春奈還重要啊」，讓我完全無法辯駁。

看著我跟三浦的對話，春奈彎下眼梢笑了。春奈這種帶點困擾神情的笑法，我很喜歡。

春奈將病床的上半部單獨升起，讓身體靠在床面上跟三浦說話。她的臉色不太好看，非洲菊的花朵也枯萎下垂。

「對不起，為了我這種人，讓你們一直都來見我。」

「沒關係沒關係。先不用講我，早坂這種總是很閒的人反倒需要妳去搭理他一下。」

因為她這話不能說有錯，所以我也沒有反駁。

之後三浦因為打工時間已經到的關係就回去了，留下一句「可以見得到面真是太好了」。

雖然我很想回她一句「打工跟春奈，哪一個比較重要啊」，不過因為我沒有想在嘴皮子上贏她的意思，所以就不提了。

寂靜降臨到原本喧鬧的病房，

好久沒有跟春奈兩人在一起，總覺得有些尷尬、又有點緊張。自從春奈握住我的手的那一天以來，我們兩人又在一起了。

「對了，我們初次見面那一天的事，你還記得嗎？」

春奈忽然開口。她的身體持續靠在床面，一直望著虛空。

「當然記得啊。春奈在交誼廳畫畫，我向妳搭話。」

那一天的事情，我不可能忘掉。

「是啊。那時候，為什麼你會跟我說話呢？」

那是因為——其實我早在更之前就知道妳了，因為相當在意所以才跟蹤妳；這種話畢竟不能說出來。於是我慎選用詞，回答春奈的問題：

「……雖然春奈應該不知道，不過其實，我在更久以前就知道妳了。」

「咦？為什麼？」

「我們曾經偶然在醫院裡擦身而過，在四樓的走道上。果然妳不記得了吧？」

我話一說完就馬上後悔，如果被追問我為什麼在醫院的話就麻煩了。然而春奈卻什麼都沒問，只是笑著說：「原來是這樣，我沒注意到耶」。

「你跟我搭話那時，我非常開心。原本我每天都是一個人在畫畫，我常常在想，這樣下去就會孤獨到死了。我好寂寞，有時甚至會邊畫邊哭。像我這種人，大概誰也不會把我放在心上吧？我既不安又害怕。」

春奈說到這裡就停頓下來。掛在牆上的時鐘滴答聲，聽起來似乎在催促春奈把話講完。

「可就在那個時候，秋人跟我搭訕了。我嚇了好大一跳，說真的，當時我很慌張。腦中一片空白，不太記得自己說了些什麼。」

「原來是這樣。妳看起來非常鎮靜，結果內心居然慌成那樣。總覺得好好笑。」

那時的春奈一臉沉著、面無表情，給我的第一印象其實不太像好人。儘管如此我還是很在意她，一再去見她。

感覺那已經是非常久之前的事了，如今想來倒有些懷念。

「可是呢，我還是有記得的事情。我說過，想早一點死對吧？那時我是真的這麼想。不過現在不一樣了，我不想死，我想活久一點，我想要多跟秋人在一起。如果死了就又要變回孤單一人，那是最可怕的。」

淚水從春奈的眼裡滴落而下。到目前為止，我已經看了多少回春奈的眼淚呢？每次目擊總會讓我心痛。

「也許秋人還沒發現，不過我自從受到餘命宣告之後，已經超過半年了。」

這種事我當然早就心知肚明，卻因說不出安慰她的話語，只能不甘心的緊咬嘴唇。時鐘的滴答聲，這回在催促我繼續開口。

「……對了，妳聽說過這件事嗎？就是有一個受到餘命一年宣告的病人，之後又活了十年的事。」

我將腦海中的抽屜勉強撬開，回憶起這件事。那是受到餘命宣告之後每天都過得很絕望的我，像要抓住浮木一般地搜尋是否有什麼希望時，忽然找到的網路新聞。

即使並非同一種病，但真的有多活了十年的人，存在於這個世界上的某處。

「又活了十年？」

「嗯，所以春奈說不定也能夠像那人一樣多活十年，不對，甚至可以多活二十年！所以我想妳不用那麼悲觀。」

這句話是說出來勸春奈，同時也是勸我自己的。事實上在看到那篇報導的時候，的確有一縷名為希望的光芒，照亮了我的心。

「二十年……嗎？。我跟秋人到那時都三十七歲了。好想活到那個時候呀。」

「可以的，一定沒問題。」

「是嗎？謝謝。」

這之後有段時間我們都默然無語。現在的秒針滴答聲，聽起來很舒服。

「我決定了。」

打破沉默的春奈如此說。聲音裡帶著下了某種決心的強勁力道。

「就算不是十年或二十年也沒關係，就算多一天我也要活下去。就這麼決定！」

「我覺得很好。」

「就算多一天、多一小時多一分多一秒，我也要活下去。所以我從現在開始，每天都要跟病魔搏鬥，今天沒有死就是我贏了。明天、後天我也要搏鬥，我會連續贏二十年。不只是跟秋人而已，我也想跟小綾一直在一起；我覺得就算多一天也要活下去，也算是孝順媽媽了。」

「真了不起啊，春奈。如果是妳的話，絕對能贏的。」

如果是春奈的話，一定會贏。如果是意志堅強的春奈的話。

我打從心底這麼想。

春奈看著我，以充滿慈愛的表情笑著說：

「所以秋人也一樣，不努力的話是不行的哦。」

儘管我心想她到底是要我努力什麼，不過還是露出微笑說道，「是啊，我在很多地方都要努力」。

第二天之後，春奈再度失去意識，持續昏睡。

自從我跟春奈最後一次說話以後，已經過了一個禮拜。我跟三浦還是每天持續不斷的去醫院，可春奈卻沒有醒來過。

「歡迎光臨，非洲菊小弟弟，今天也是一個人嗎？」

因為昨天到春奈的病房探訪時，非洲菊已經枯萎了，所以我又先去花店一趟。三浦看著春奈日復一日越來越衰弱的身形，心靈已經無法承受，從兩天前就不再來了。「反正之後一定會醒的，我就等春奈傳訊息過來吧」，如此說的她，現在也依然持續等待來自春奈的訊息。

「非洲菊，請給我六朵。」

「好哦。」

我付了錢，收下了花。

「你的朋友，住院很久呢。」

「……是的。不過最近一直沒有恢復意識，就算去探病也沒辦法說話，所以沒有什麼去的意義就是了。」

我勉強裝出笑容如此回答。有沒有好好的笑出來呢？我不知道。

「我不認為沒有意義。直到您的朋友醒來為止，請多去見她。」

「她會不會醒來，我也不確定就是了。」

覺得阿姨明明什麼都不知道的我，不禁冷言冷語了起來。我輕輕低頭致意，並沿來時路線向外走去。

「你知道嗎？非洲菊是一種一年有兩次花期的花卉，春天開花之後夏天便會休眠，而在秋天再度開花之後冬天就又休眠，然後到了下一個春天會再開花。非洲菊小弟弟的朋友，如果也跟非洲菊一樣能再開一次花就好了。」

阿姨的話語讓我轉身回望。又一次低頭鞠躬之後，我離開花店。

春奈今天也是以安詳的表情沉睡著。我在持續無聲昏睡的春奈旁邊坐下，於速寫本上開始作畫。

我正在畫的，是第一次對她說話的那一天。

春奈坐在被耀眼白光所包圍的交誼廳靠窗位子上，一個人寂寞的畫畫。我則在距離不遠的地方看著她。

那一天的光景，直到現在依然歷歷在目。她身上穿的睡衣顏色及圖紋、置放在桌上的彩色鉛筆種類、她所描繪的畫，都在我的腦海中都留下了宛如相片一般的鮮明記憶。

春奈如今也在跟病魔搏鬥。為了活下去，就算多一天、多一小時多一分多一秒，春奈正極力的搏鬥著。即使今天的搏鬥贏了也沒時間休息，非得要馬上再搏鬥不可。春奈必須要日復一日的持續搏鬥，至死方休；搏鬥一旦結束，就代表春奈輸了。

雖然她說過，會連續贏二十年，不過現實應該不會那麼美好。一個受到餘命半年宣告的少女能活二十年，除非發生奇蹟，否則幾乎是不可能的。可是，正因如此，擁有強大的意念才很重要。如此一來，奇蹟說不定就會發生。

我一面畫畫，一面回想起這半年所發生的事。

在原本只是等死的我眼前，春奈現身了。從那一天起，我曾經充滿絕望的每一天瞬間大翻轉；不知何時我對她深感著迷，甚至到了連自己的病症都完全忘掉的程度。

假使沒有跟她相遇，現在的我會變成什麼樣子呢？光想就覺得害怕。

我曾一度認為，自己應該不會再去愛人了。不對，其實我一度認為，自己已經沒有愛人的資格了。

可是，我還是愛上了春奈。這段在我或春奈死後就會終結的「期間限定之戀」，或許馬上就要迎向結局也說不定。是段既短暫又夢幻、脆弱的戀情。

我還有兩件事想告訴春奈。

第一件是我的病情。我想好好的對她坦白，並為隱瞞至今這一點向她道歉。然後我也會跟春奈一樣，勇於面對自己的現況，搏鬥到底。

接下來還有一件事情。我想向春奈表白自己的心意：我喜歡妳。其實在春奈變成如今這副模樣之前，在她更健康的時候，我就應該要早一點表白才對。

等春奈下次醒來，即便是她的母親或三浦在場，我都要告訴春奈我喜歡她。這大概就是我的最後一項任務。

畫畫的手停了下來。我想著春奈，眼裡不知何時已蓄滿淚水。儘管我為了讓自己別在春奈面前哭泣而試圖忍耐，可第一滴淚一旦落下，之後就控制不住了。

我無聲哭泣了一段時間。結果，畫並沒有完成。

第二天我到病房時，春奈的病況似乎又更加惡化，她的嘴裝上呼吸器，身體則插上了好幾條管路。

我說不出話，陷入絕望。

之後兩天，我一放學就跑去見春奈，但她並沒有醒來。

「喂早坂，你喜歡春奈對不對？」

這一天，在我去探望春奈過後，隔了一個禮拜才來醫院的三浦在回程的公車站前突然這麼說。因為不管怎麼等春奈都沒傳訊息過來，所以三浦就過來看情況。在親眼看到骨瘦如柴的春奈後，三浦似乎受到相當大的打擊，直到剛才一直默不作聲。

「我才沒有……喜歡她。」

「不用隱瞞也沒關係。一看就知道了，誰叫你這麼好看穿。」

我低下頭，閉口不答。

「春奈醒來以後，你要去跟她說啊！我想她一定會很開心的。」

「……會開心嗎？」

「是男人就別那麼龜毛啦。要去告白喔，約好囉！」

「……嗯，我知道了。」

公車一到，三浦上車後就迅速地坐到後面的位子上。我則在前面位子坐下，遠望窗外。在秋風吹拂下，枯葉寂靜飛舞。

我懷著憂鬱的心情，又度過了幾天。

某一天從學校回去的路上，我跟繪里與翔太去參訪神社。我們三人聊著往事時，繪里說她想去久未參訪的神社；於是我們在鐵路車站前的咖啡廳喝過咖啡後，便朝我家附近的神社行進。

儘管在平日，染上晚霞顏色的神社境內還是有許多參拜民眾。

「好久沒來了。我記得上次是國小六年級的時候三個人一起來吧？」

走在前面的翔太轉過頭來對我們說。

「好像是哦？真懷念呀。」

繪里如此說完後笑了。

對我而言，這個神社只有不好的回憶。

國小四年級時，我跟繪里與翔太一起出來新年參拜，在這裡抽到了凶。五年級與六年級的時候，則是達成了連續兩年抽中大凶的壯舉。而在六年級時，我在新年參拜之後的回家路上掉了錢包，過了一個非常悲慘的新年。

從那之後，我對抽籤就產生了心理陰影，也不再出來新年參拜。

「秋人，你每年都抽到大凶對吧？」

「才不是每年。四年級的時候是凶，而三年級的時候我記得是末吉。」

我一反駁，繪里跟翔太就笑成一團。

「就算你用得意洋洋的表情講這種事也沒用啊。」

「等一下我們就去抽吧！御神籤。」

雖然繪里這麼說，可是我並不怎麼有意願。

再之後，我們參拜結束，並買了兩個祈願健康的護身符。一個給春奈、一個給我。

「秋人！快點快點！」

因為繪里招手，我只好無奈地排進了抽御神籤的隊伍中。

「很好！大吉！我來看看，上面寫著我等待的人就在身邊。」

翔太抽到大吉了。他幾乎每次都會抽中大吉，是個跟我完全相反的人。所謂等待的人，一定就是繪里吧？

「我是吉呢。我記得是大吉之後第二好的籤？太好了。」

好像繪里也大致都會抽到大吉或是吉。

排在他們兩人之後的我，試著先將力道集中在右手後，再將御神籤抽出。

……雖然早知道會是這樣，不過果然還是凶。我甚至不自覺地高興起來，心想不是大凶真是太好了。

『願望……即使祈求亦不會實現，如今為忍受之時。』

『戀愛……無法順利，應放棄。』

『疾病……請向神祈禱。』

因為是凶，所以上面寫的沒有一條是好事。明明祈求也不會實現，還要向神祈禱什麼的，也太亂七八糟了。

「算啦，反正也只是算命，你別太在意啊，秋人。」

翔太安慰我，繪里也以憐憫的目光看向我這邊。

「可是，這跟星座算命不一樣，神社的御神籤就像是神明的啟示之類的，這給我的打擊很大耶。」

在我說出如此負面的話語後，翔太講了一句「那你就跟我的大吉交換嘛」，讓我更加悲傷。

我深深嘆了口氣，回絕他的提議，將御神籤硬塞進口袋裡。

我又一次在隊伍中排隊買御神籤。「這回是春奈的份」，我如此暗想，並於右手集中更強的力道後將籤抽出，然而是末吉。

『願望……將以意料之外的形式實現。』

『戀愛……請放棄。』

『疾病……如不軟弱即可治好。』

治不好的啦……在心中如此低語的我失落地垂下肩膀，並在翔太與繪里的安慰下離開了那個地方。

到家之後，我連房間的電燈都沒開就坐向書桌，將祈願健康的護身符緊緊握在手裡，一心一意的祈禱。雖然籤上寫著即使祈求也不會實現，但這種事不試試看又怎麼會知道呢？我如此心想，向神祈求。

祈求春奈得救。

祈求春奈醒過來。

祈求春奈可以再跟我說一次話。

我怎麼樣都無所謂，可相對的請至少讓春奈如願。我如此祈求。

等我察覺時，自己已淚流滿面。我從口袋中掏出手機，一面哭一面用顫抖的手輸入給春奈的訊息。

『春奈，妳也差不多可以起來了。睡成這個樣子，妳醒來的那天晚上可是會睡不著的喔？等妳起床以後，我有重要的事想告訴妳，就我們兩人在一起的時候說吧。』

我按下了傳送鍵。

——沒有來自春奈的回應。

六天後的早上，春奈離開了人世。

正如神明的啟示，我的祈求並未實現。

終獲傳達的心意

那是個一如往常的星期日。由於我打算下午再去春奈那邊探病，因此醒來時已經過了上午十點。

我起床確認手機裡的訊息，發現有六則訊息傳來，未接來電也有五通，全都來自於三浦。

我有不祥的預感，怕到不敢將訊息點開來看。

第一通未接來電是上午七點十九分，然後馬上又有一通未接來電，接下來是四則連環訊息，之後又有三通未接來電跟兩則訊息，最後一次聯絡是二十分鐘以前。

不難想像，在我還悠哉悠哉睡覺的時候，一定出大事了。

我拿著手機僵著不動，過了幾分鐘。腦中不好的猜測逐漸浮現，我隨即將其抹去。

明明只要用大拇指觸碰一下螢幕就好，我卻一直在猶豫，試圖逃避眼前的現實。

就這樣僵著過了五分鐘之後，三浦又打電話來了。我反射性的按下通話按鈕。

三浦哭到聽不清在講什麼的聲音，透過手機傳到我耳中。

「——春奈、死了。」

在三浦的哭喊聲中，只有這句話我聽得特別清楚。

我已經有心理準備了。從起床後看手機時就有了。不對，是打從更早以前。即使這樣，即使早知道會如此，我的手腳依舊不住顫抖，眼淚開始滿溢、逐漸滲進視野。

「為什麼你這種時候還在睡？春奈最後醒過來了！她叫了好幾次你的名字呀！」三浦大喊著指責我。

她的話讓我瞬間崩潰，從床上摔落，不管不顧地大哭起來。

我不相信。這一定是我在作惡夢。一定是這樣子沒錯。如果不是這樣，那就是有人打錯電話。是某個地方的、另外一個春奈過世了。不會是那個我熟識的、笑的時候帶點困擾神情、老是一臉寂寞的，我最喜歡的春奈。

一定，不對，絕對是這樣。我強迫自己如此認定。然而，眼淚就是止不住。不管怎麼擦都止不住。

「不可能、不可能、不可能！」

我抱著頭，不斷大叫。

即使隔壁房間的夏海跑進我房裡詢問出了什麼事，我還是沒理她，繼續哭泣。

搞不清楚狀況的夏海，就這麼陪著我一起哭。

從隨手丟在地板上的行動電話那裡，還是可以聽見三浦持續責備我的聲音。

在那之後我安慰了還在哭的夏海，以持續恍神的狀態前往醫院。

雖然我做好了被三浦痛打的心理準備，但在我抵達病房時，她已經沒有那麼做的氣力了。

哭累的她抽噎著，整個人癱靠在牆上。

身穿便服的春奈母親也在哭泣，她的眼睛與鼻子都哭到又紅又腫。

春奈輸給了病魔。可是，她很了不起的戰鬥到底了。

春奈以跟平時相同的柔和表情躺著。讓我即使看到了她的遺體，依舊無法接受她的離去。

她看起來只像是睡著了。我覺得她會馬上睜開眼睛，跟我說早安，對我露出溫柔的微笑。

可是，就算我出聲叫她，她還是沒醒來。

春奈的遺容，就像白雪公主一樣美麗。我對她說了一句「妳很努力了」，用來代替親吻，眼淚又流了下來。

春奈的病況，似乎是在天亮時急遽惡化的樣子。

收到春奈母親聯絡的三浦來不及化妝便衝出家門，在前往醫院的途中打了好幾通電話也傳了好幾則訊息給我。

在她抵達醫院時，春奈恢復了意識。雖然只有幾分鐘，但聽說春奈呼喚了我的名字。接著便陷入呼吸衰竭，嚥下最後一口氣。

在春奈痛苦的時候，我還在夢鄉。在這種時候，我竟然忘了解除震動模式就睡著了。

在初雪降下，極度寒冷的日子裡，春奈的喪禮在極少數人參與下舉行了。

因為春奈的母親說「請陪小春一起走最後一程」，所以我跟三浦一路同行到火葬場。然而我覺得相當難受，在春奈火化之前，就從那裡溜了出去。

我不想看到化為骨灰的春奈。

回家途中我不自覺的先走到公園去，將積在鞦韆椅上的雪撥掉後坐了下來。慢慢晃著鞦韆的我，在這裡又哭了。

春奈僅僅活了十七年。

十七年這個數字，如果光用幾月幾日的角度去看，感覺上還算久。可若以一整個人生的角度來思考，其實相當短暫。

春奈，有沒有幸福過呢？活了十七年，有沒有感到滿足呢？

這當然是不可能的吧。我嘆了一口氣。

我的時間一定也所剩無幾了。真是一場不幸的人生。從生到死，我的人生中連一件好事也沒有。

我跟春奈，都是不幸的人。就只是這麼回事。

當我再度嘆氣並從鞦韆上起身站立時，行動電話響了。

我從口袋裡將手機掏出來察看螢幕，是三浦的來電。雖然心想是不是又要被罵，但還是無奈的接聽了。

「你人在哪裡呀？竟然擅自溜掉，你是白癡嗎？」

「抱歉。」

「算啦，沒關係。話說回來，有東西要交給你，你現在在哪？」

三浦說她從春奈的母親那邊收到了信紙。聽說是春奈的信，收信人分別是我跟三浦。

我沿著來時路回去，在殯儀館外與三浦會合並收下信紙。雖說是信紙，但其實只是一張從速寫本上撕下來對摺又對摺後的東西。

我一到家就立刻前往自己房間，慢慢的將信紙打開。

那是一張很短的信。在那張信上還用彩色鉛筆描繪了三朵分別為紅色、橙色、黃色的非洲菊圖畫。那圖畫彷彿只要使勁擦拭一下就會消失，即便孤寂，卻相當美麗。

『秋人你好：

秋人，我能遇見你真的是太好了。
難受的日子，逐漸變成了快樂的每一天。
你幾乎每天都會過來見我，甚至把小綾也帶過來看我。我很感激，謝謝你啦。

我大概，已經笑完了整整一生的分量。
然後，我也把一生分量的眼淚流掉了。

原本一直想早點死的我，因為遇見你的關係，變得想要活下去了。
今後的每一天，我都可以重振心情跟病魔搏鬥了。如果可以，我想一直一直跟你在一起。
可是，為了以防萬一，我要先在這封信上寫下想要表白的話。

託秋人的福，我真的很幸福。
你也要幸福哦。
要連我的份一起，活到長命百歲唷。
我會在天堂祈禱，希望你暫時別來這裡。
我會一直期待，有一天可以跟變成爺爺的秋人在天堂再會哦。

那麼在最後，我有事情要對你表白。』

信到這裡就結束了。

雖然我翻到背面去找尋接下來的段落，但什麼也沒寫。

春奈在最後，想要對我表白什麼呢？

或許春奈是在寫信途中突然失去意識了吧？又或者是她寫到這裡先暫時休息，然後就這麼忘掉了。如果是春奈的話，的確有可能發生這種事。如此心想的我苦笑起來。

儘管我不知道春奈在最後究竟想對我表白什麼，不過她寫了很幸福，我的心情也逐漸得到救贖。

她也寫了遇見我真的是太好了。這讓我高興到不斷的來回讀著這封信，並用手指輕輕觸摸著非洲菊的圖畫，然後我又再次流淚。

喪禮結束後又過了一個禮拜，我依舊深陷在失去春奈的悲痛中，無法向前看。幾乎每天晚上，我都會回想曾跟春互相分享的點點滴滴，默默垂著淚。

這一天，我又在睡前思念春奈。

——就算多一天、多一小時多一分多一秒、我也要活下去。

春奈那句話，一直在我心中盤旋不去。

我思考再思考，做了某個決斷。

——我要動手術。

我曾想過，如果是春奈的話她會怎麼做。如果有一種或許可以延命數年的手術，春奈應該會毫不遲疑的去動手術吧？如果我不動手術的話，連這種選項都沒有的她一定會生氣的。

如果我對春奈坦白一切，她想必會要求我動手術。就算多一天也要努力活下去，是春奈的目標；我也必須要像春奈一樣，跟病魔搏鬥才行。

第二天，在爸爸下班回來之後，我走到客廳，請爸爸跟媽媽在沙發上坐下。他們可能是察覺到我認真的心情，連坐姿都很端正。

「我果然還是想動手術。雖然像錢之類的問題，還有其他不少事情都會給你們添麻煩，不過我依舊想試試看。我可以動手術嗎？」

「當然可以。」

爸爸立刻就回答了。

「什麼麻煩，你在說什麼？錢的事情你完全不用擔心，我們馬上就請菊池醫師替你寫推薦函。」

媽媽露出笑容這麼說。

「其實我應該要更早動手術才對，到現在才講真的很抱歉。另外我要說，從以前到現在，從現在到將來，我真的都很謝謝你們。」

媽媽以手摀口流下了淚水。我又讓媽媽哭了。我真的是一個不孝子。

「那沒什麼，畢竟再怎麼說你都是我們的兒子。不過，你終於有心要動手術了呀？真的是太好了。」

「某個人曾經告訴過我，就算多一天、多一小時多一分多一秒也要活下去，才算是孝順父母。」

爸爸瞪大了眼睛，隨即微笑了起來。

「說的沒錯。嗯，真的，說的沒錯。」

爸爸也哭了。他摘下眼鏡，壓著鼻子兩側的眼角說了聲「我去洗澡」，然後就像是要隱藏自己的淚水一般，快步逃離現場。

這樣子就可以了吧，春奈。我在心中對看不見的春奈問道。

這樣子，可以哦。我感覺似乎聽到了這樣的聲音。

我的手術，在新年一到就立刻進行。

似乎是需要檢查，於是我在手術幾天前轉了院。新院區是棟造型新潮到讓人無法想像是醫院的建築物，讓我感覺稍微放鬆一點。

經過精密檢查之後的結果，手術成功率又下降了。那位相當權威的醫師面色凝重的說，大概三成或四成吧。不過他也說假如不動手術的話，由於腫瘤的位置不好，繼續增大會阻斷血流，因此猝死的可能性也會隨之大增。

似乎會使用一種名叫葉克膜的機器來執行心臟與肺的任務，讓心臟暫時性的停止，以切除一部分的腫瘤。然後我聽了一長串交雜了專業術語的說明，可是對我來說實在太艱深，以致於完全無法理解。

「如果手術成功，你就有機會可以多活幾年，我一定會讓手術成功。」醫師如此鼓勵了快被不安壓垮的我。然而，就算是被醫術十分精湛的醫師鼓勵，我還是無法放心。

從以前我運氣就很差。就算大家都說手術成功率有百分之九十九，我也無法安心。何況這次是百分之三、四十，我只會更不安而已。

我是那種就算十支籤裡有九支中獎，還能抽到那一支銘謝惠顧籤的倒霉鬼。老實說我非常害怕，不過對我來說，其實也沒什麼好失去的。

我換了個角度思考，反正失敗的話就可以去見春奈，這樣子也不壞。

手術似乎進行了六個小時。

在手術中，我做了個夢。

我一如往常探訪了春奈的病房，跟她說話。春奈不時露出帶有困擾神色的笑容，看到那笑容的我也笑了。病房中，充滿溫情的時間不斷流動。

場景變換，我跟春奈身處一個不可思議的場所。青空藍海，彩虹高懸在空中，四周是色彩繽紛的花朵。我對眼前的風景有點印象。

我跟春奈手牽手，默默地在這個像草原的場所步行。然後，在前方，可以看得到幻想般的階梯；是一座通往上空，彩虹色的階梯。

就是我第一次對春奈出聲說話時，在她的速寫本中出現的那座彩虹階梯；而這裡則是春奈所描繪的畫中世界。

春奈放下我的手，獨自踏著那座階梯向上走。我想追過去，但她嘴角溫柔地揚起，搖了搖頭。我一面哭泣，一面看著她一步步的踏著階梯向上走。

就在春奈從視野範圍中消失的那一刻，我醒過來了。是個孤寂的夢。

手術結束了。

手術似乎奇蹟般的順利成功，兩天之後我就在加護病房中醒來了。術後疼痛遠超過我的預期，讓我遲遲無法從病床上起身。

於是我在大城市的醫院裡住院了一段時間。

住院生活相當無聊。

雖然是遠方的醫院，不過繪里跟翔太還是願意坐新幹線過來見我。真的很感謝他們。在我將動手術的事情跟他們說的時候，他們也對緊張的我給予鼓勵。

明明遠道而來，他們卻不去觀光，而是當了我一整天的說話對象，到傍晚時分才回去。

在住院生活過了三個禮拜的時候，閒過頭的我不自覺的以手機試著搜尋『櫻井春奈』，也就是春奈的全名。當時我搜尋了我喜歡的寫真偶像，在大致把相片看過一遍之後靈機一動，就試著輸入春奈的名字看看，單純是在打發時間。

搜尋結果顯示出來了。

螢幕上顯示了在社群網站中有同名同姓的人。另外雖然漢字略為不同，但在動畫人物中也有一個日語發音跟櫻井春奈一樣的角色，讓我不由自主地笑出聲來。

我點進下一頁之後，發現了某個網頁，標題叫作『櫻井春奈的祕密部落格』，讓我大受驚嚇。不過這應該不會是春奈的吧？明明是祕密卻把全名寫在標題上，還真是個傻子。如此心想的我開始瀏覽內容。

我看到第一篇文章後，手便開始顫抖。

這個部落格就是我所熟悉的春奈所寫的部落格，不會有錯。因為我的名字出現在上面，所以我很快就明白了。

我照順序瀏覽文章。三浦的名字也出現了，這果然就是春奈的部落格，千真萬確。

她毫無虛假的本心，就記述在這裡。我才開始看就哭了出聲。

「小兄弟，你沒事吧？」

因為病房是多人共居的關係，原本在隔壁病床上休息的四十多歲短髮大叔注意到了我的狀況。

「我沒……事。」

我如此回應後，將臉埋進被單內。

每當我瀏覽的時候就會又哭又笑，不斷反覆。

在我瀏覽的過程中，無意間發現到一件事。這個部落格，是可以發表留言的。

即便已經無法傳達給春奈了，不過我還是回到春奈寫的第一篇文章，對這部落格的所有文章發表留言。

『七月十七日，晴，身體狀況普普通通。

自從媽媽買手機給我以後，已經過了一個多禮拜，終於用習慣了。我跟秋人每天都可以聯絡，最近就是開心。

以前我一直都想寫日記，可是又討厭留下形體，所以才建立了這個部落格。標題則是在煩惱了相當久之後，決定取為『我的祕密部落格』。這裡誰都不會發現，什麼事都可以自由寫上去。從今天開始我每天都不會偷懶，好好努力！』

——『我能每天跟春奈聯絡，也非常的開心。我們聊了各種各樣的事呢。偶爾就看妳的訊息並回覆。另外，現在標題已經寫上了全名，是妳後來改變主意將它變更了嗎？真有春奈的風格（笑）。秋人』

『七月二十日，多雲，身體狀況良好。

因為最近變熱所以沒辦法去屋頂，滿難過的。

秋人好像從今天開始放暑假。看他很開心，我好羨慕。因為我的每一天都像是暑假一樣。

然後我鼓起勇氣，試著約秋人一起看煙火。我本來以為他一定有喜歡的人，所以會拒絕我。可是秋人對我說，就一起看煙火吧。我高興到快要哭出來了。因為去年我是一個人看，所以我真的很期待，如果身體狀況不惡化的話就好了。』

——『原來妳高興到快要哭出來的程度啊？明明我如果不逞強而是坦率把病情說出來的話，就可以跟妳一起看了。沒能遵守約定，真的很對不起。秋人』

『八月五日，晴，身體狀況非常好。

今天是檢查的日子。主治大夫的眉頭皺得很緊，表情也好可怕。我說我想外出還拜託他，結果他說不行。可是我最近的身體狀況很好呀。

那之後秋人難得帶了六朵非洲菊，在上午就來看我，他對我深感著迷呢（笑）。

雖然很想再跟他說話，可是他馬上就走了，說要跟兒時玩伴去看電影。該不會那個人，就是秋人喜歡的人吧？

跟我這種病人比起來，還是健康的人比較好……其實他還是想跟兒時玩伴的女孩子一起看煙火吧？』

——『我記得，這是我病倒的那一天。應該要馬上跟妳說的，對不起。另外，這跟病人不病人、健康不健康都沒有關係，我還是想跟春奈一起看煙火。秋人』

『八月十三日，雨，身體狀況普普通通。

最近，秋人都不來看我了。因為放暑假，他應該是忙著到處玩吧？像是海邊或是游泳池還有慶典之類的，夏天有很多好玩的事情呢。他一定正在充分享受暑假吧？難得放暑假，也不是要特別過來我這邊探病的時候嘛。他回應訊息也比以前慢了，有點寂寞。』

——『我當時一直在醫院，每天都很難受。讓妳感到寂寞，我真的非常抱歉。秋人』

『八月十五日，雨，身體狀況，不太好。

煙火大會前一天，雨完全沒有要停的樣子。我做了好多晴天娃娃，把安靜的病房擺得滿滿的。雖然很悲傷，不過至少要給晴天娃娃笑臉。明天的煙火大會一定會放晴的。

秋人今天也沒來，應該不會再來看我了吧？連訊息都沒有傳，可能交到女朋友了。

這麼說來，今天我為了去販賣部跑到一樓的時候，發現一個很像秋人的人，正要走進復健治療室。明明不可能在醫院，卻因為長得有點像，就隨便把其他人看成秋人，我好傻。』

——『妳不傻啊，那個人就是我。沒想到被妳看到了，我真的相當驚訝。明明我為了不讓春奈發現，還拚命東躲西閃的，如今想來，我才像個傻瓜。秋人』

『八月十六日，雨後晴，身體狀況不好。

雖然早上還在下雨，不過傍晚以後就放晴了。我的晴天娃娃效果果然一級棒。可是難得放晴，秋人卻沒有來。

就在我邊哭邊一個人看煙火的時候，秋人打電話過來了。我嚇了一跳也很開心。我邊聽秋人的聲音邊看煙火，就像我們兩人靠在一起看煙火一樣，讓我的心跳得好快。

他跟我說，明年一定要真的一起看。我想下次大概就要輪到我破壞約定了。不過，我非常開心。

我的心越跳越快，還把我的心意傳達給秋人了。可是煙火的聲音太大，他好像沒有聽到的樣子。我一定沒有辦法再跟他說了呀。』

——『那是我到目前為止看過的煙火中最美麗的一場。沒辦法一起看真的很對不起。明明如果我把全部的事都對妳坦白的話，就能一起看了啊。

妳說的心意，該不會是告白？如果是的話，我好想直接聽妳說。秋人』

『九月七日，晴，身體狀況不好。

今天秋人來看我了。終於來看我了。我好開心，在看到他的臉的一瞬間，差點就要哭出來了。可是總覺得很不甘心，所以我裝出一副完全不在意的樣子。他今天也買了六朵非洲菊過來，我真的好高興。就連非洲菊，也是好久不見了。

秋人精神不太好，看起來似乎瘦了一些，很擔心。

他的樣子似乎在隱瞞某些事。從第一次見面的時候，他就是那樣，好像把某些東西一直藏在心裡，就是那種感覺。

不過我不會問。直到秋人對我說以前，我會等。』

——『我見到妳也很開心。如果不是只有買六朵，而是買更多的花就好了。再來是病情的事，結果到最後我還是沒能跟妳說，對不起。秋人』

從這裡開始，部落格文章的發布時間就不太固定，有的跳過一個禮拜，也有的是跳過兩個禮拜才發布。我回想春奈的身體狀況，正好也是在這個時候開始惡化。

儘管如此，春奈在我的面前還是一副開朗的神態，為了不讓我擔心，連一句喪氣話都不肯說。明明真的很難受，春奈卻總是在逞強。察覺到這件事的我，則是持續裝作沒有察覺到。變得不想去直接面對現實，盡可能不去思考春奈餘命的事。這樣做，我才可以保持自我。

『九月二十一日，多雲，身體狀況差。

今天是秋人的生日。很久以前我就問過他的生日，為了不讓自己忘掉，還先記在速寫本裡。要怎麼祝他生日快樂呢？要送他什麼禮物呢？我在兩個月以前就開始偷偷計畫了。可是我的身體狀況卻越變越差，什麼東西都沒辦法準備。虧我好幾天前就開始摺裝飾用的色紙，還避免讓秋人發現呢。

不過我至少把拉炮準備好了，所以我躲在門後面祝秋人生日快樂。秋人嚇了好大一跳。

沒辦法準備禮物，對不起。』

——『第一次被人從背後放拉炮的確是嚇了一跳。明明妳身體狀況不好還讓妳費心，謝謝啦。從某種意義上來說，那一天已經成為我到目前為止最難忘的生日了。秋人』

『九月二十八日，晴，身體狀況差。

今天是我難忘的一天。

秋人把小綾帶過來看我了。我一直以為再也見不到她了。小綾哭了，我也哭了。我們兩個人一起大哭。秋人很困擾。

在他們回去以後，我跟小綾講電話到深夜，聊了各種各樣的事。明明在病房已經說很多了，但還是說不夠。總之我很開心，一直在笑。我還是第一次熬夜到這麼晚。因為我拜託小綾教我打免費電話的方法，所以我們約好明天也要講電話。好期待。

在死之前，可以跟小綾和好真的是太好了。我對秋人只有感謝。真的很謝謝他。』

——『妳太客氣了。雖說帶她過來真的費了我一番工夫，可一切都是值得的。不過我應該要更早……在春奈的身體狀況沒變差以前就帶三浦來的。秋人』

『十月十三日，雨，身體狀況普普通通。

昨天，我跟小綾約好了。聽說秋人跟小綾的學校，這個月底有學園祭。小綾的班上好像要演白雪公主的戲，我就跟她約好要去看。秋人的班上好像要開巧克力香蕉店，因為沒吃過，所以我想去吃吃看。

當天我要穿什麼呢？我想請媽媽幫我化妝，再穿上好久沒穿的制服去耶～我也想去美容院。

另外，我也想去見秋人的兒時玩伴。一定是個可愛的女孩子吧？』

——『原來妳沒吃過啊？如果給妳吃的不是那種小氣巴拉的巧克力香蕉，而是正式在賣的東西就好了。兒時玩伴指的是繪里嗎？如果能把春奈也好好介紹給繪里就好了。秋人』

『十月二十八日，晴，身體狀況不太好。

今天是我期待已久，秋人跟小綾學校的學園祭。其實我的身體狀況不太妙，可是我沒跟媽媽說實話，就要她帶我出來了。

雖然很不甘心，不過秋人的兒時玩伴是個非常可愛的好女生。如果我有跟她說『秋人的事情以後要拜託她』的話就好了。

我跟他一起在校內到處閒逛，累歸累，不過我玩得很愉快。我走路比較慢，可秋人卻一直在配合我的步伐，他好溫柔。

另外就是小綾，她非常美麗，演技也相當撼動人心，而且看起來閃閃動人。不只是小綾而已，在那間學校的學生每一個都很耀眼。讓我這個無處容身的人十分羨慕。

這之後秋人送我到醫院，可是我說了奇怪的話，讓秋人哭了。我還是第一次看到秋人哭。我悲從中來，最後也跟著哭了，對不起。』

——『三浦的演技真的非常厲害。另外，那時突然哭出來，真的很對不起。不知為何就一陣難過，等察覺到的時候，早已淚流滿面。其實那個時候，我應當要向春奈傳達我的心意才對。春奈也一定等很久了吧？秋人』

『十月三十日，晴，身體狀況不好。

今天我請秋人畫我的畫像。雖然被人一直盯著看好害羞，不過秋人也是一邊畫一邊在害羞（笑）。

我請秋人坐到旁邊來，不自覺的握住了他的手。除了爸爸以外，我還是第一次握著異性的手。秋人的手很大，是男人的手；雖說是理所當然的，但我就是這麼想了。我很想一直這樣子下去，可是他在小綾來了以後就回去了。我的心跳得非常快，還以為心臟要停了。』

——『因為春奈突然握住我的手，我的心臟也好像要停了。差一點就要被春奈殺掉了啊（笑）。

三浦那傢伙，說不定是算準了時間點才把門打開。不對，一定是這樣沒錯。秋人』

『本篇文章受到加密保護』

接下來這篇寫在十一月五日的文章，受到了加密保護。如果沒有正確輸入四位數字的密碼，就無法點進去看內容。我輸入各式各樣的密碼，試了不知道多少次，不過結果還是放棄了。即便我很在意內容寫什麼，但還是決定下次再來挑戰密碼，繼續瀏覽下一篇文章。

下一篇，是春奈最後寫下來的文章。

時間是我跟春奈最後一次對談那天晚上。

春奈應該是在我回去之後，才開始寫這篇文章的吧？

『十一月十八日。

我好像失去意識過。聽說差一點就死了。

我傳訊息給秋人跟小綾之後，他們就都來看我了。

在那之後，我跟秋人聊了一場許久沒有過的兩人談話。我們聊到了第一次見面那一天的事情，好懷念。

秋人跟我說了一個餘命一年的人又活了十年的事情。我也想要成為那樣的人，所以我決定每天都要跟病魔搏鬥。

然後我在睡覺以前寫了信，寫給媽媽跟秋人和小綾。我把信夾進了速寫本。

在信的最後，我寫上了對秋人的心意。如果是秋人的話，一定會察覺到才對。我寫的東西只有我們才看得懂，就算讓其他人看到也無所謂。可是因為秋人很遲鈍，所以他有可能察覺不到。如果他可以察覺到的話就好了呀。

（新增內容：十一月十八日，二十二時三十三分）

我把到今天為止自己寫的文章全都看完了。

如果我死了，這個部落格不知道會怎麼樣呢？是會在之後消失呢，還是會在大家都沒有察覺到的情況下永遠留下來呢？不管是哪種下場都很悲傷。所以，我變更了標題。如果秋人還是小綾能在某一天發現到就好了。』

——『這一天是我跟春奈最後一次聊天的日子吧。如果那天晚上沒有跟春奈說話，我想我一定不會去動手術。春奈，真的很謝謝妳。如果沒有妳，我早就死了。

每天跟病魔搏鬥的春奈，真的非常了不起。願妳好好安息。

也謝謝妳變更標題。多虧這樣，我才能找到這裡。

信是指那封信？妳什麼都沒有寫啊？我回家以後會再確認一次看看。秋人』

我對所有文章發表的留言到此結束。最後我是一邊哭一邊打字的。

好像又跟春奈見了一次面一樣，我如此想著。

結果，我還是不太明白所謂寫在信上的「春奈的心意」是指什麼。我跟春奈原本都想在最後一刻說出來的事，就這麼在無法言語的情況下作結了。

尾聲

之後，我很快就出院了。

在出院這天，爸爸跟媽媽還有夏海都來接我。之後爸爸負責開車，媽媽坐在副駕駛座，我跟夏海則坐在後座。這是一趟到自己家需要差不多四小時的漫長路程；我們一家四人，已經很久沒有開車上路這麼長的時間了。

「我說，哥哥的身體已經好起來了，可以去家庭旅行了吧？」

夏海將身子探向前方問道。

「說的也是。不過就算說身體好起來，也不代表完全治好，還要看秋人的身體狀況。」

我透過車內後照鏡，跟以平靜的語氣說出這段話的爸爸對上了眼。我將視線移到車窗的外面，車子已經開上了高速公路。

「旅行的話，什麼時候都可以。不管是去泡溫泉，還是去遊樂園。」

我一面繫上安全帶，一面這麼說。

「真的嗎？什麼時候去！奶奶也馬上要出院了，奶奶也跟我們一起去嘛！」

夏海對我的話立刻就有反應

「下個禮拜也可以，之後的春假也一起去旅行吧。可以嗎？秋人。」

「嗯，沒問題。」

媽媽笑起來，說了句「要去哪裡好呢」。夏海也開心的笑了。就連透過車內後照鏡看到的爸爸也溫柔的微笑著。

之後直到抵達家門為止，我們的對話就沒中止過，車內氣氛一片祥和。

我第一次將春奈的事情告訴家人。由於車程足足有四個小時，因此就算從我跟春奈的相遇開始講起，也已十分足夠。我在訴說的時候有哭也有笑，而爸爸媽媽跟夏海，也都以溫柔的神情聽我說話。

感覺上，我們一家人就像回到那個和樂融融的時刻一樣，已經回復為原本的開朗家庭了。

二月中旬我復學了。

我有心臟病的事情，已經傳遍全班。畢竟我在寒假結束以後，仍然有足足一個多月沒有到校，老師也不得不說出來了吧？當然餘命的事情我依舊瞞著大家。

至於不同班的三浦，則是由我來跟她說。因為在學校不方便講，所以我到晚上才打電話給她。我只告訴她自己有心臟病，活不久的事則閉口不言。

「嗨早坂，聽說你住院了對吧？你請假的時候換過座位，我又坐到你旁邊了。雖然沒剩幾天，不過第三學期還是請你多多指教。」

高田一面將眼鏡由下往上推，一面如此說。

這回我坐到了正中央這一列最後面的位子，繪里也坐在我的斜前方，這座位不壞。

「我說高田，你不覺得那副眼鏡跟你的臉部大小不合嗎？我覺得你在買書之前先買眼鏡比較好喔。」

在我脫口說出這句話之後，他鏡片後方的小眼睛隨即睜大。

「啊，呃，這個嘛，我覺得這樣也很好，因為是我喜歡這樣戴的。」

高田如此說完，便打開文庫版書本，閱讀接下來的內容。

我在內心做出決定，從今以後，我要把想說的事情好好說出來。即便拜手術所賜，我不會馬上猝死，但我決心要讓自己活得不後悔，活到可以在任何時候死掉都沒關係。

這一天放學以後，我前往許久未造訪的美術室。儘管已有一年左右沒去露臉，不過我好歹還是美術社的社員。

因為是非社團活動日，所以教室裡空無一人。我繞到後面察看置物架，發現我的油畫工具還在那裡。我把它們拿出來，將一面純白的畫布設置在畫架上，用鉛筆開始打底稿。

「描繪我人生的最後作品」，這項任務我應當要達成。於是我毫不遲疑地在畫布上舞動鉛筆。

在打完底稿之後，我將油畫顏料塗抹在木製的調色板上，對畫上色。好久沒有聞過的油畫顏料氣味刺激著鼻腔，那味道令我感到相當舒適。

我在描繪的過程中突然心想，不要把這幅畫當成是最後作品，而是要視為我第二人生的第一幅畫。自從我受到餘命一年宣告之後，已經超過了一年。假如沒有跟春奈相遇的話，我現在應該已經死了吧？所以這幅畫，可說是春奈送給我的第二人生的第一幅畫。說到底，如果將繪畫從我身上抽離，我就一點也不剩了。我只有這點事拿得出手而已。

我一邊獨自點頭，一邊在沒有任何人的美術室裡持續畫到完全忘了時間。因為許久沒有面對畫布，等我注意到時，外頭已是全黑。

那之後，我用了一個禮拜的時間將畫完成。

在我完成這幅畫的這天，繪里就在我旁邊。我最近放學後都去美術室報到這件事不小心被她發現，於是我將整件事的來龍去脈向她仔細說明。

「第二人生的第一幅畫？這樣的話，等你畫完要讓我看唷。」

因為繪里這麼說，於是我無可奈何的把她帶了過來。

在最後，我觀照畫面的整體平衡性，並做了一些細微調整之後，便完成了這幅畫。

「好美麗的畫呢。這邊的男生是秋人，另一邊的女生是……春奈？是叫這名字嗎？」

繪里一直凝視著我所描繪的畫。關於春奈的事情，我是在繪里與翔太來醫院探望我時跟他們說的。

「嗯，是啊。」

「這種夏天的感覺很不錯呢。總之煙火就是漂亮，該說是很有魄力還是怎樣，反正就是很煙火的感覺啦。」

「妳那是什麼感想啊？」

苦笑的我開始收拾油畫工具。我特意著力描繪的煙火部分受到稱讚，有些開心。

我所描繪的畫，是那一天未能達成的約定。我將它化為圖畫。

從病房窗戶可以看見好幾道煙火散發彩虹色的光輝。煙火由中心向外擴散，延伸出一條條長尾火光的模樣，我也仔細的描繪出來。我跟春奈靠在一起抬頭欣賞那些煙火，病房窗戶上則吊著好多晴天娃娃。當然我也在病床桌上畫了那會在春秋兩季盛開的花朵，六朵色彩繽紛的非洲菊，為病房增添絢麗的顏色。

雖然因為是背影的關係，看不到我跟春奈的表情，不過一定都正在笑吧……我望著這幅已完成的畫，微笑著心想。不過這樣子應該還談不上有遵守約定就是了。

其實我想打一百分，但因沒能遵守約定要扣一分，所以就給九十九分。

週末，雖然從早上就一直下雨，不過我還是出門到春奈的墓前祭拜。三浦好像已經去了好幾次，所以我請她告訴我地點之後自己一個人去。

不斷飄下的無聲細雨讓我的心情特別舒適，腳步也跟著輕盈起來。我鑽進了搭習慣的公車，在最後面的位子上坐下。

因為要去墓前祭拜，不買花是不行的。

我前往那間已經算是固定報到的花店。

「哎呀，這不是非洲菊小弟弟嗎？好久不見。我還以為你的朋友出院了。」

阿姨一邊替花卉灑水，一邊開朗的笑著。她的笑容一直都沒變，跟花一樣溫柔。

「呃，其實並不是那樣。」

「今天你也要買非洲菊過去嗎？」

我將原本伸向非洲菊的手停了下來，選擇了別的花。

「今天，我是來買這個花的。」

我把上面寫著「祭祀鮮花」的花卉拿在手上，交給阿姨。

「啊啊……這樣啊。」

阿姨的聲音低沉下來了。

因為氣氛變得很尷尬，我默默結帳。

我沒再去看阿姨，就走向花店出口。每次都會把我叫住的阿姨，也沒有出聲。

突然我停下腳步，向後轉身。

「不好意思，我可以問一個問題嗎？」

阿姨將原本低著的頭抬起來，說道：「可以，請說」。

有一件事情，我一直想著下次到這裡來時要問阿姨。那是我一直掛念在心的問題。

「三朵非洲菊，有什麼樣的意義呢？」

春奈在寫給我的信紙中，描繪了三朵非洲菊的圖畫。

我讀了好幾次，可「春奈的心意」並沒有寫在信裡面。但換個角度思考，說不定答案是在圖畫裡，而那該不會就是春奈想要傳達給我的事吧？

對於我的問題，阿姨呵呵地笑著回答。

「三朵非洲菊呢，代表的意義是『我深愛著你』。」

聽到這句話的瞬間，內心突然一陣刺痛，雙眼倏地湧滿淚水。我極力忍住不讓眼淚流下，可是，沒辦法忍住，淚水一滴一滴，不停自臉上滑落了下來。

大可不必用畫來傳達啊。明明可以直接對我說，或者是寫在信裡頭也好啊？可是，一想到這是春奈絞盡腦汁，為了隱藏她的羞澀心情想出來的辦法，我的內心就感到無比溫暖，無法遏止的眼淚也沾濕了我的臉頰。

我現在就想立刻見到春奈。我想見春奈一面，將我的心意傳達給她。我愛她，愛到簡直無法自拔。

阿姨一言不發，看著我的神情也沒有一絲動搖。

曾經放棄戀愛的春奈，與我相戀。這樣的事實，比其他任何事都更讓我開心。

原來不只是我，春奈也談了一場『期間限定之戀』。

「對不起，果然我還是不買這個了。請給我三朵非洲菊。」

當我以顫抖的聲音這麼說之後，阿姨溫柔的笑了。她說：「我也覺得這樣比較好」。

下了公車之後雨就停了，太陽也從雲層之間探出頭來。彷彿像是發出「春奈就在這裡」的聲音引導我過去一般，一道光芒自天空向地面照耀，春奈的墓就在光的盡頭。

春奈跟她父親葬於同一處墓地。

墓石上，刻著『櫻井家之墓』的文字；墓碑上，則刻上了春奈的名字、年齡及死亡日期。

我用手指撫摸著那些文字。雕刻在上面的「十七歲」，刺痛著我的心。

我在花瓶中插上了分別為紅色、黃色、橙色的三朵非洲菊。雖然覺得只有三朵看上去似乎有些孤單，不過這樣就好。

我雙手合十，閉上眼睛。春奈的身影在我的眼皮內側甦醒。

在我回憶當中的春奈，一直都是笑著的。就是那個笑起來帶著一點困擾神色的笑容。我喜歡的，就是春奈那個溫柔到令人想緊緊擁入懷中的笑容。

可說是人生中最後一場的「期間限定之戀」，是一段僅約半年期間的短暫戀情。儘管如此短暫，但對我而言是無可取代的珍貴時光。

跟春奈相遇，讓我有能力正視自己的病情。

讓我能夠再一次跟父母親如同昔日一般共同歡笑。

讓我得以找回原本已經擺爛不管的人生。

如果沒有春奈，我也不可能會去動手術。她又多給了我一小段活著的時間。

我睜開眼睛，抬頭望向天空。美麗的藍色在上空擴展，就像春奈所描繪的畫一樣。可能是因為直到剛才為止還在下雨的關係，天空浮現一道彩虹。看著那道彩虹，我突然回想起一件事。

在春奈的畫作中，必定會將彩虹描繪出來。像是彩虹色的階梯、彩虹色的遮陽傘以及彩虹色的煙火。春奈真的很喜歡彩虹啊。如此心想的我，又一次抬頭望天，掉了一滴淚。

我從口袋裡掏出手機，在春奈最後寫上去的部落格文章底下，追加新的留言。

——『春奈的心意，已經好好地傳達給我了。我也深愛著妳。秋人』

我沿著來時路回去，感覺春奈似乎就在後面，我轉身回顧。

當然，那裡並沒有任何人。

墓石旁的三朵非洲菊，正迎風舒適的搖曳。

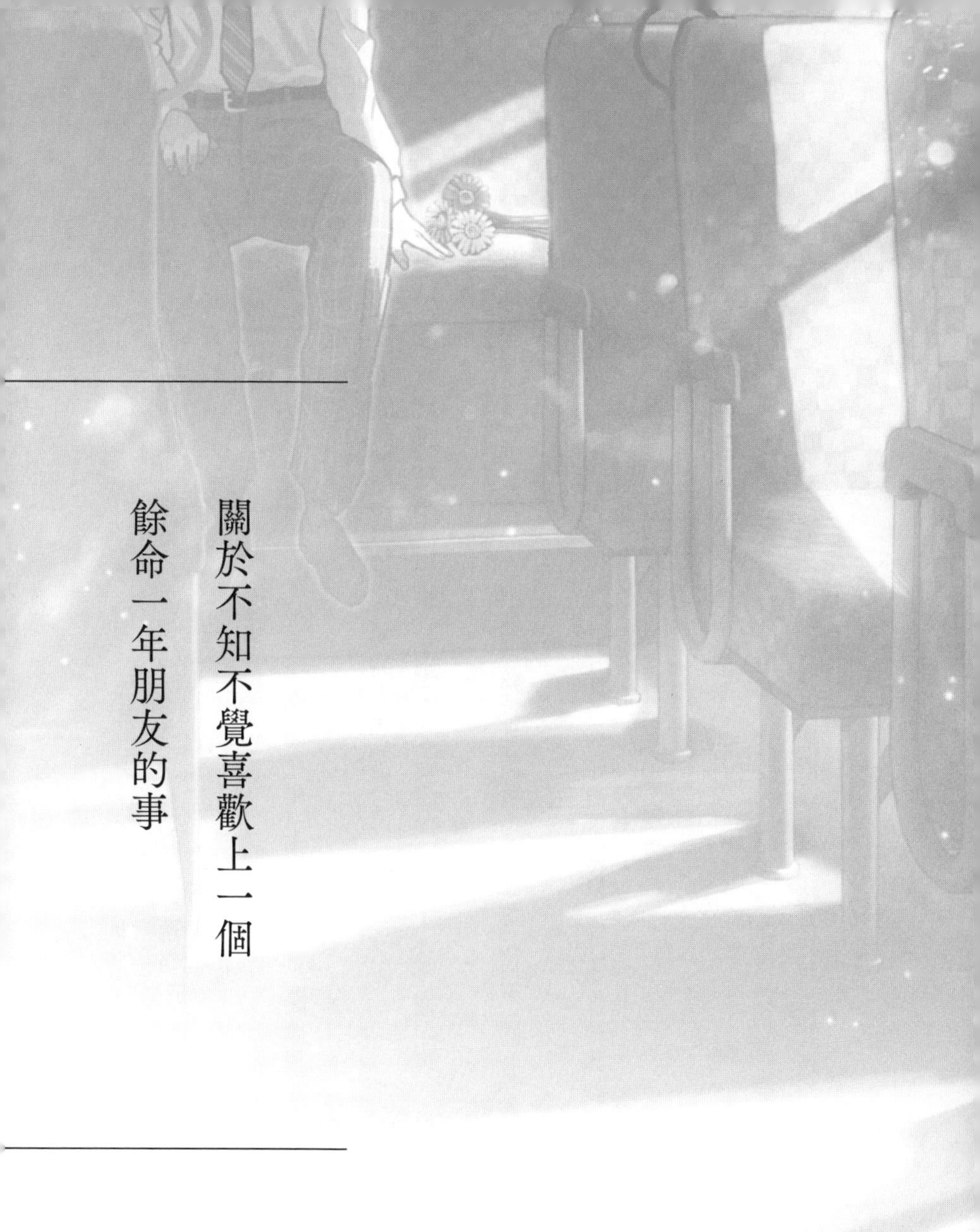

關於不知不覺喜歡上一個
餘命一年朋友的事

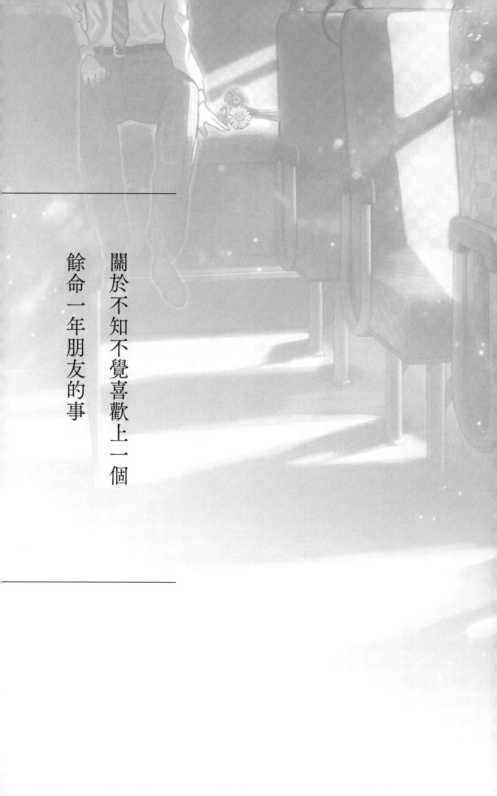

當我知道春奈部落格的存在時，已經是早坂秋人亡故前三天的事了。

那一天早坂傳了訊息給我，裡面貼上了一條春奈部落格的超連結，還追加了一段文字：

『如果沒有任何人點閱的話，說不定會消失，所以我先告訴妳』。

我一篇一篇地看著春奈的部落格文章。

總之我對早坂嫉妒起來了。誰叫春奈都在寫早坂的事情，關於我的事就只有寫一點點。但我想，這也是沒辦法的事。

春奈最難受的時候，陪在她身邊的人是早坂。

雖然以前我們是好友，可是在錯過了之後也就疏遠了。不過早坂一直都在她身旁，是她珍惜的人。

我把所有文章都讀完了，眼淚撲簌簌地流著。我回想起自己跟春奈度過的每個日子，對那兩年的空白期深感懊悔。

原本我打算對早坂抱怨一句，為什麼春奈有部落格這件事你要瞞到現在呀？但我下一次到早坂的病房探訪時，他已經陷入了昏睡狀態。

早坂就這樣睡到往生，到了春奈那邊去。

春奈部落格的每一篇文章，早坂都發表了留言。

雖然我也想在上面回覆些什麼，但還是算了。總覺得保持現狀會比較好。

春奈最後發表的上一篇文章，受到了加密保護。我雖然試了好幾次，想看看密碼解不解得開，但結果還是點不進去。

不過，早坂一定看過了這篇受到加密保護的文章吧。

在那篇文章底下，顯示著「有兩則留言」的訊息。

我第一次跟春奈相遇，是在幼兒園的時候。

我上幼兒園之後有半年期間，並沒有注意到春奈的存在。她從那時起身體就很虛弱，常常請假，連一個朋友也沒有。

我的周圍總是聚集很多人，但春奈卻經常孤零零一個人。

有一天，我對正在幼兒園內某個室外沙坑上一個人寂寞地堆小山的春奈搭話。

「我說，妳的名字呢？」

「……櫻井春奈。」

她只瞥了我一眼，簡短回答。

面無表情的她，用小鏟子默默的堆著小山。

「是哦。春奈，妳為什麼不跟大家玩啊？要去哪邊玩躲貓貓嗎？」

「不用。」

「為什麼？」

春奈堆著小山，沒看我的臉就回答了：

「因為媽媽說我身體弱，所以不可以跑。」
「是哦。春奈，妳生病了嗎？」
「嗯。」
「什麼樣的病？」
「罕見的病。我只知道這樣。」
這個時候，我似乎看到春奈的眼睛有淚水湧出來。
「是這樣啊。那麼，我也在這邊一起跟春奈堆小山！」
我說完這句話後，春奈便抬起頭來，以不可思議的表情看著我。她有一瞬間露出過笑容，但又馬上回到原來的表情。
「來，這個。」
春奈把小鏟子借給我用。我收下之後，就跟春奈一起玩沙。我們都把手弄到全黑，堆出一座大大的山。
第二天，春奈的身體狀況突然惡化，之後更是整整兩個月沒到幼兒園來。
我們國小的時候也在一起。
在春奈可以去學校的日子，我們每天都會一起上學。
每天早上我會去春奈的家，她如果走出來我就很開心。在她身體狀況不好請假的日子，春奈的母親便會走出來跟我說「難得妳過來找她，對不起」，我就一個人去學校。

春奈在國小的時候也很常請假，就我所知，她還是連一個朋友也沒有。

自從升上國中之後，春奈請假請得更頻繁了。

大約有一年半的時間，春奈都在住院，她也放棄繼續升學。雖然她說過等到身體狀況恢復，她會去念遠距教學制的高中，但結果這想法也沒有實現。

春奈時常掛在口邊的一句話是，將來她想跟媽媽一樣成為護理師。我認為這很適合溫柔的春奈。或許春奈是在小的時候看到媽媽工作的身影，因此對護理師這一行有所憧憬也說不定。

至於春奈生的到底是什麼病，其實我並不清楚，也沒想過要去瞭解。在我眼裡，她就是天生身體虛弱而已。我只覺得，總是會有這樣的孩子存在嘛。

沒想到竟然會是危及生命的疾病，在早坂告訴我以前，我完全不知情。

在國中畢業典禮僅僅再過兩個禮拜就要到來的那個日子，先前身體狀況一直很好的春奈住院去了。

原本努力為自己打氣，希望至少能夠出席畢業典禮的春奈，心情非常低落。

「反正還有兩個禮拜，不能想點辦法在這之前出院嗎？」

我馬上就過去探病，可就算我這麼問，春奈也只是用快要哭出來的表情講了一句「大概沒辦法」。

這句話說中了。春奈在畢業典禮時沒能出席。

我在畢業典禮結束後，馬上前往醫院。

「我畢業了哦，春奈。」

沒神經的我對春奈笑了笑，並將畢業證書展開給她看。我本來以為，她會對我說恭喜。

結果春奈卻只沒好氣的回了一句：「真好呢」。

那時的春奈，跟往常大不相同。

不管我怎麼主動跟她說話，她都只有形式上的回應，而且連一個笑容都沒有。

在我跟她說畢業典禮的事，以及之後要去上的新高中時，她終於往病床上躺下，並將臉撇到一邊去了。

我想到她可能是因為不能去畢業典禮，也不能上高中，所以在憤憤不平鬧脾氣，連忙道歉：

「對不起春奈。如果能早點把病治好的話就好了，春奈也很想去高中對吧？」

「……我的事情，妳就不要管了。」

「咦？妳怎麼了？」

到目前為止，我還沒有被人說過這種話。

「妳以後別再來了。」

「為什麼妳要這麼說？」

我以為她是在羨慕或忌妒。

「不用再說了，好好享受高中生活吧。」

「春奈啊，我覺得妳仗著自己生病，就這麼隨便講話不太好哦。我知道妳生病很難受，但就算是健康的我，也會經歷許許多多難受的事情，辛苦的不是只有妳而已。」

我強勢且快速不停的講著。

「……妳是哪裡難受了？」

「咦？」

春奈如冰一般寒冷的聲音，讓我在一瞬間有些退縮。

「喂，妳是哪裡難受了？小綾妳說的難受，指的到底是什麼？妳明明沒什麼難受的經驗，不要說得好像一副很懂的樣子啦！」

春奈一直瞪著我看，語氣也失控了。這是她第一次這麼情緒化，傷心的我倔強地回嘴。

「什麼嘛！妳是想當悲劇女主角嗎？妳如果要這麼悲觀的話，不管過多久病都不會治好啦！」

我也忍不住大聲了起來。就算是我，也會有一、兩件難受的事，被她說成好像我整天都無憂無慮的樣子，讓我忍不住焦躁，將原本從未想過的事情脫口而出。

我晚了好一會，才驚覺到春奈的眼中竟噙滿了淚水。她什麼都沒說，極力將眼淚忍住。我想說些什麼，但結果還是選擇一言不發，就像逃跑一般離開病房。

根據我事後聽到的說法，春奈似乎在幾天前便從媽媽那裡得知她活不久的事實。我連這種事都不知道，就對春奈說了很過分的話。

可當時我仍然頑固的認為，雖然自己是說得過分了點，但把話講成那樣的春奈也有錯。

就這樣我上了高中，交了新的朋友，開始打工，春奈在我腦中出現的時間也逐漸減少。入學以後，接連不斷有男生找我告白。雖然很煩，但也不覺得有那麼糟。

從國中的時候開始，我就發現自己的容貌頗受異性歡迎。每個男生都對我相當溫柔，女生也自然而然的聚集在我周圍。

察覺到我對周圍的人而言是不可或缺的，讓我感到非常開心。可是，總覺得內心哪裡缺了一塊，空空落落的。如今想來，那塊缺失的遺憾應該就是春奈。

我在高一的時候，跟一位大我一個年級的學長交往了。純粹只是因為對方外貌好看到能讓我沉浸在優越感當中，所以順勢答應在一起而已。

他是個控制狂，我才一個月就甩了他。那個時候的我，覺得和女性友人一起玩，比跟男朋友玩還要開心得多。

就在春奈的事情逐漸只剩下片段回憶的高二某一天，我被別班的男生叫了出去。又有人要找我告白了呀？我嘆了口氣來到走廊，一個長相不起眼的男生站在那裡。

「所以，你有什麼事嗎？話說，你是誰？」

我說完這句話，那個不起眼的男生就開口。「妳認識櫻井春奈吧？」

意料之外的話語，讓我懷疑起自己的耳朵。

我很驚訝，沒想到春奈的名字會從這個不起眼的男生口中說出來。這傢伙到底是什麼人，是春奈的誰？我用狐疑的眼神一直瞪著他看。

那就是我跟早坂秋人的相遇。

他說他想知道春奈的事。我雖然感到困惑，但也覺得歡喜。

之後我被早坂強制帶走，成功地跟兩年半沒見的春奈再會。

稍微有點大人模樣的春奈，比以前更乾瘦了。雖然一直在笑，不過看起來有些在逞強。

自從跟春奈再會以後，原本無聊的每一天瞬間翻轉，總之就是開心。我會跟春奈傳訊息打電話到深夜，就算在有打工的日子，也會一等到學校上完課就馬上前往醫院。

拜早坂所賜，我跟春奈才得以和好。真的非常感謝他。

我跟春奈最後度過的這段時間，雖然僅僅只有兩個月，但對我來說是相當珍貴的時光。

春奈亡故之後，我又回到了無聊的每一天。

我足足有好幾個月的時間沒法振作，雖然偶爾會在走廊上跟早坂擦身而過，但幾乎都沒跟他說過話。

早坂則是一如往常，在用他那不起眼的長相享受高中生活的樣子。

我跟早坂再度說上話，是高三暑假時的事。是同學們正努力念書拚升學考試，彼此決定要去專門學校就學的時候。也是我因為打工忙到翻掉的時期。

我從跟早坂關係很好的村井翔太那邊，聽到早坂住院了。

我馬上衝到醫院去。

「喂，你說過你有心臟病，該不會其實很嚴重吧？」

以前，我的確曾聽他親口說過心臟病的事情。但當時我還不知道那是會危及生命的重病。

「我心臟有腫瘤，馬上就要死了。」

「啥？」

「怪了，我沒說過嗎？」

「我沒聽你說過，不過你是在開玩笑吧？」

「不，我認真的。」

我認為他在開玩笑。但是，他的眼神裡並沒有絲毫的戲謔之情。春奈死後，早坂給人的感覺也變了。似乎像是看開，又像是看破了人生。

「好歹我是個重病患者，之後就請妳對我溫柔一點。」

「我覺得，這種話不是該由重病患者自己說出來的吧？」

我說完這句話，早坂就一面苦笑一面打開速寫本開始畫畫。他那神態讓我想起了春奈，心裡一陣苦澀。

「這件事，春奈知道嗎？」

「我想她不知道。因為我為了不讓她擔心，一直瞞著她。」

「這樣啊。」

之後我們持續了一段時間的沉默。

只有早坂用彩色鉛筆畫畫的聲音，在病房裡迴盪。輕快、俐落的聲響，讓我不禁感到相當舒服。

「你在畫什麼呢？」

「我在畫什麼啊，試著猜猜看。」

早坂在如此說的同時，手也沒停下來，持續描繪著圖畫。

春奈非常會畫畫，但早坂也不差。他所描繪的圖，很像是風景畫。有綠色，也有許多花正在盛開；天空高懸著一道彩虹，相當美麗。

「我不知道，不過這是哪邊的花海嗎？」

「不是。」

「啊是喔。正確答案是？」

「天堂。」

「啥？」

在我反問之後，早坂噗嗤一聲笑出聲來。

「你在笑什麼啦？」

「沒什麼，我不自覺的想到跟春奈相遇時的事，忍不住就笑了。」

「什麼啊。」

我不懂哪裡好笑了。畫這種天堂的畫，實在不怎麼吉利。我看了看手錶，站起身。

「我差不多要回去了。總之，請多保重。」

「請多保重嗎？難得妳這麼溫柔。」

「你剛才說什麼？」

「沒事。」

我苦笑著，離開了醫院。

沒想到連早坂也活不了多久了，總之我很驚訝。

雖然很想去理解，但頭腦追不上來。明明去年冬天，春奈才剛死沒多久啊。

我的內心大受動搖，導致在回程的公車上時差點坐過站。

回家之後，我先去洗澡。

我需要冷靜思考的時間。

在我一邊泡在浴缸中，一邊反覆思考自己跟早坂的對話時，突然回想起一件事。

『請幫我支持秋人。』

記得春奈給我的信上，寫了這麼一句話。我在讀信的時候，其實看不懂這句話的意思。為什麼我非得要支持秋人不可？就算說是春奈的請求，這句話還是留了個疑問給我。

春奈一定早就知道秋人的病情了。如果不是這樣的話，她就不會寫那種話。早坂這傢伙，其實有些地方還滿白癡的，一定露出過馬腳讓春奈發現了吧。

我突然回想到春奈在哭那一天的事了。

記得那是在學園祭結束，又過了幾天以後的事。

我進到春奈的病房時，她雙眼早已哭得又紅又腫。就算我問理由，她還是什麼也沒回答，只是不停的流淚。

或許春奈就是在那一天，得知了早坂的病情。

早坂在那之後，很快就出院了。

看樣子他似乎只是利用暑假進行住院檢查而已。因為是春奈的心願，雖然不至於真的會去支持，但我開始主動關心早坂。

從這個時候起，我開始在意早坂這個人。並不是把他視為異性去在意，而是對於「春奈為什麼會愛上這個不起眼男人」的疑問，我想知道答案。

春奈從來就沒有對我以外的人敞開過心扉。因此才讓我更感到不可思議，在學校時，雙眼也不自覺地開始追逐著早坂。

「我說春奈，妳喜歡早坂對吧？」

在春奈還活著的時候，我曾經試著問過她一次這樣的問題。

「咦，為什麼妳會知道？」

「因為妳很好看穿。」

「咦～～不要跟秋人說哦。」

「當然。可是妳喜歡早坂的哪一點呢？」

她到底是喜歡那個不起眼傢伙的哪一點呀？我感到相當神奇。我甚至心想，春奈大概是沒有別的可以喜歡的對象，所以只是想在最後扮一場類似戀愛的家家酒吧？

「秋人，跟其他人不一樣。」

「妳說不一樣，是哪方面？」

「秋人呢，就算我跟他說生病的事，他也不會從我的身邊離開。在小學跟國中的時候，只要我說生病的事，大家就會離開我，我根本交不到朋友。」

因為櫻井生病，要找她的話還是不用了吧。我回想起以前大家因為顧慮春奈，總是將這一類的話掛在口邊的事了。

「只有小綾跟秋人，就算我把生病的事說出來，你們對待我的態度也沒有變。所以你們兩個人，對我來說是特別的存在哦。」

「這樣啊。所以妳才會喜歡上早坂嗎？」

「當然不是只有這樣而已。秋人非常溫柔、又很會畫畫、還有笑起來很好看，其他還有非常多。」

「這樣喔？」

春奈臉頰染上紅暈，伸手從花瓶拿了一枝橙色的非洲菊，靜靜聞著它的花香。

我不自覺的回想起這樣一段對話。

早坂在這之後直到高中畢業為止，都沒再去住院；就跟健康的高中生一樣度過了每一天。

可就在畢業典禮結束兩天後，他的身體狀況突然惡化，住進了醫院。

這回他住院住了差不多兩個禮拜，我在這段期間也去探望了他三次。

可能是因為每次我都買非洲菊過去的關係吧？花店的阿姨開始把我叫成「非洲菊小妹妹」了。

春天之後，我升上了美容類的專門學校。

我從以前，就沒有將來的夢想之類的概念。當我在煩惱要升學還是就業時，不自覺拿在手上的，就是這所學校的簡介手冊。既然我喜歡美甲，那就去美容類的學校看看吧；我就是用這麼輕浮的心情決定之後升學的地方。順帶一提，早坂去念美術相關的專門學校了。

「我說綾香，今天有聯誼，妳要不要來？」

在開學之後又過了兩個月，剛上完所有課程的我正準備要回去，就被在專門學校交到的朋友美久出聲叫住了。因為美容類的專門學校沒有男生，所以大家幾乎每個禮拜都會辦聯誼求緣分。

「抱歉，我今天有事，下次再約。」

「這樣啊，我知道啦。」

美久以受男性歡迎的甜美嗓音這麼說。她不光聲音甜美，連外表也很嬌小，是個可愛的女孩子。

我對她揮了揮手，便前往約好的地點。

當我抵達會面的咖啡廳時，早坂已經在座位上坐好等著我了。

「竟然讓病人等，妳也滿大牌的。」

「只有在這種時候才擺出一副病人模樣，我覺得滿賊的。」

我們一如往常的隨便閒聊，然後我點了咖啡。

我有兩個月之久沒有來見早坂了，當然這次是我主動約他的。老實說雖然我跟早坂已經沒有見面的必要，但不知為何就是沒辦法放下他不管。畢竟，好歹也有春奈的因素在。

「所以，你最近怎麼樣？」

「最近？這個嘛，很快樂啊。我變得更喜歡畫畫了。」

「我不是講那個。」

「那是哪個？」

我托著臉頰，露出錯愕的表情。「是講你的身體啦」。

「啊啊，是講我的身體啊？我的身體完全沒有問題。妳在擔心我嗎？」

「並沒有。我只是問問看而已。」

「這樣呀。」

雖然我說的那麼冷淡，但如果要說不擔心的話是假的。儘管學校跟打工最近都很忙，不過好歹對於早坂的事還是要關心一下，就一小下。

「妳那邊又怎麼樣呢？」

「什麼怎麼樣？」

「妳最近不是在學習美甲嗎？像是妳會不會因為美甲很難學結果開始沮喪啦，或是跟同學處不來結果開始沮喪啦，這一類的。」

「為什麼你一定要拿沮喪當前提呀？」

我說完這句話，早坂就笑了。他的笑容略顯孤寂。

「算了，是有一些地方滿辛苦的啦，不過我這邊也很快樂哦。」

「這樣啊。」

「嗯。」

沉默讓我尷尬，我一小口一小口的啜飲咖啡。

早坂又笑了，他說我的咖啡喝法還真奇怪。

我們就這麼持續閒扯了一個小時後解散。

我基本上討厭男人，可即使這樣也不代表我喜歡女人。靠近我的男人，常常連我的事情都不怎麼瞭解，便過來告白了。甚至有人連話都沒跟我講過一句就直接求交往。

「我對妳一見鍾情！請跟我交往吧！」

在國中跟高中的時候，經常有人對我這麼說。

結果就是眼睛看看便喜歡上我的男人有很多，但欣賞我內在的男人，到目前為止連一個也沒有。

不過話說回來，我其實也沒真心去喜歡過什麼人。

我是個不懂何謂真愛的女人。正因如此，我才羨慕春奈跟早坂。明明他們心知肚明，就算互相喜歡，結束的那一天依舊會到來，為什麼這兩個人還要相戀呢？那時的我一直這麼思索。

感覺上他們也不是因為馬上就要死了，所以才想在最後的日子裡找個人在一起。

無論春奈或早坂，他們都不過是在僅存的時間中，談了一場純粹的戀愛。

「我說綾香，先前認識的人約我們去打保齡球，妳要不要去呢？」

下一個禮拜的星期五，美久再次邀約我。因為幾乎每次都拒絕也不太好意思，於是我答應了美久的邀約。

「好啊。」

「太好了，那麼我們走吧！」

那一天晚上我前往會面地點，除了美久以外，同班的由香跟繪美都已經到了。

大家的妝都比平時還濃，香水的味道也很重。她們身穿可愛的洋裝，專注的看著手上的小鏡子。

之後，男子組也到了，我們便動身前往保齡球館。

他們是比我們要高一個年級的大學生，總感覺痞痞的，第一印象糟透了。

「妳是綾香嗎？跟傳說中一樣可愛耶。告訴我聯絡資訊吧。」

才見面幾秒鐘，就已經有男人過來這麼說了。

在這之後，儘管大家就開始打起保齡球，可我卻只想早點回家。雖說也不是不開心，但不知為何就是提不起勁。

理由我大概也知道。

那一天中午，我向早坂傳送了訊息。

『還活著嗎？』

畢竟早坂不會主動來聯絡我，而且我們之間也沒有共同的友人，所以假設早坂真的出了什麼事，我也沒有管道去得知。因此我每隔幾天就對他進行一次生存確認。當然，這是因為春奈才做的。

平常的話，他會馬上傳一個『我還活著』的回應過來。結果這一天，他遲遲沒有回應。

「妳從剛才開始就在注意手機，是在等男朋友回應嗎？」

坐在我旁邊的長髮男子這麼問我。雖然剛才有做過自我介紹，但名字我已經忘了。

「不是這樣的，只是普通朋友而已。」

「是喔，是這樣啊。那種男的就別管他了啊，跟我交換聯絡資訊吧。先借我一下。」

長髮男自行把我的手機抓走，開始輸入他自己的電話號碼。

「好啦，我加好聯絡人了。」

「……這樣啊，謝謝。」

當我要他把手機還給我以後，一個名字叫拓也的聯絡人以新朋友的名義顯示在通訊應用程式上。他用自拍的方式拍了一張自己的耍帥相片，並將它設定為大頭貼。我心想，這是個相當難搞的男人啊。

「接下來，輪到拓也了喔！」

「喔，抱歉抱歉！」

接下來輪到拓也投球。他不怎麼起勁的站起身來，單手一把抓住十磅的球，以流暢的姿勢讓球向前滾動。

砰磅一聲，球瓶隨著一陣令人舒暢的聲音響起左右彈開，所有的球瓶都漂亮地倒下了。

「讚啦～～！」

拓也握拳擺出了慶祝姿勢，並舉手跟美久她們擊掌。我也被要求這麼做，於是我毫無感情的舉手跟他拍了一下掌。

接下來投球的我，讓球在滾到球道一半的時候，掉到旁邊洗溝了。

回家之後，手機傳來「叮咚」聲。

以為應該是早坂回應的我滿懷期待的看著螢幕，但傳來的卻是拓也的訊息。

『今天真的很開心！下次就我們兩人一起玩吧！』

他還傳了一張可愛兔子的貼圖過來，是那種眼睛已經變成愛心的玩意。

我嘆了口氣，用力豎起拇指，只回了一張貓熊貼圖。

等到早坂將回應傳送過來，已經是第二天早上的事了。

『對不起，我一直在畫畫，今天我也還活著。』

看到這行文字，我露出了笑容。

『我還以為你死了。如果還活著的話，就趕快回應啦。』

原本要按下傳送按鈕的，但我打住了。接著把「我還以為你死了」這幾個文字刪掉，才傳送出去。

手機又響了。這回不是早坂，而是來自拓也的訊息。他可能已經把我認定為女朋友了吧，問了像是今天行程之類的瑣碎事情。

我覺得很煩，只回了一張看起來很忙的大熊貼圖，就把螢幕關了。

拓也在這之後所傳的邀約訊息多到了死纏爛打的程度，雖然一開始我是隨便應付了事，可結果我還是退讓到跟他在咖啡廳見面了。從頭到尾我都在掛念早坂，對於自己跟拓也聊了些什麼其實記不太清楚。

我在那一天也聯絡早坂，進行生存確認，但他沒有回應，讓我不禁感到焦躁。我跟拓也聊了差不多兩個小時，原本他約我去K歌，不過我瞎掰了一個要去打工的理由，便讓他放我回去。

等到早坂將回應傳送過來，又是隔一天的事了。

『最近越來越熱了。我今天也還活著。這麼說來，今天我跟以前和三浦念同一所國中的高田見面了，他似乎以隱形眼鏡的造型出道囉。』

是喔，有高田這一號人物存在嗎？即便我再三思索，但就是一點也回想不起來。

『如果還活著的話就趕快回應啦。話說這禮拜有沒有空？要不要再到老咖啡廳聊一聊？高田是誰呀？』

幾分鐘後，早坂回訊息了。

『對不起，這禮拜我在忙，下禮拜的話就沒問題。高田就是那個眼鏡大小跟臉不合的傢伙啊。』

明明到目前為止，還沒有哪個男人會拒絕我的邀約……我一邊如此傷心的想，一邊輸入文字。

『我知道了，那就下禮拜囉。我會再聯絡你的。啊啊，是那傢伙啊。』

我將這則回應送出之後，接著就傳訊息給拓也。

這禮拜的週末，他又再約了我一次。由於這次真的有空，因此只好順勢答應。

到了星期六，我跟拓也去K歌了。他把歌詞中所有『獻給你』的部分全都唱成了『獻給綾香』，讓我起了一身雞皮疙瘩。而且每次坐下來的時候，都刻意靠我很近。雖然我馬上揮手將他甩開，但他依舊伸手試圖摟我的腰。果然，不該來的。

下一個禮拜，我去見了早坂。

在跟之前同樣的咖啡廳中，比我先來的他已經在喝咖啡了。

「你每次都很早來耶，很閒嗎？」

「晚來的人第一句話就講這個，妳還是老樣子，很有膽識嘛。」

我呵呵笑著坐到了座位上。

「身體狀況怎麼樣？」

等我點的咖啡送來後，我一如往常地問了同樣的問題。

「普普通通。」

「是嗎？」

如果他的回答是普普通通的話，一定表示不怎麼好吧。早坂喝了一口咖啡，將視線移往窗外。

「已經快兩年了嗎……」

我馬上就明白他的意思是什麼。

「是啊。總感覺像是前一陣子才發生的事一樣。」

「春奈昨天還在我的夢裡頭出現，所以真的就像是昨天才發生的事一樣啊。」

「我偶爾也會夢見春奈呀。果然，你對她很執著呢。」

「妳也差不多。」

再過幾個月，春奈亡故就要滿兩年了。我跟早坂，仍對春奈有所眷戀。

接下來，我們開始聊起自己跟春奈的回憶。其實我們彼此已經聊過無數次，我會聽春奈與早坂相遇的故事，也會把自己跟春奈相遇的故事講出來。我還把春奈在信中拜託我的那句「請幫我支持秋人」，也說出去了。早坂則是以一副不可思議的神色，說了一句「這會是什麼意思呢」。

當我察覺到的時候，外頭已然一片漆黑。我看了看手錶，原來我們已經聊了兩個多小時。

「都這個時間啦，我差不多要回去了。」

「是啊。我來付錢吧。」

當我正要從背包裡把錢包拿出來的時候，早坂用手制止了我的動作。

「我來付就好，沒關係的。」

「可是，約的人是我，還是由我來……」

「沒關係沒關係。反正我馬上就要死了，錢不全部花完不行。」

我猶豫著不知該說什麼。早坂則以鬧著玩的表情說了一句「開玩笑的啦」，可能已經察覺到我的樣子不對勁吧。我凝視著他手持帳單，前往收銀櫃檯的背影，極力忍住眼淚。

那天夜晚，我回憶著春奈的事。因為先前早坂那番話，春奈其實也對我說過。

「啊，小綾，我來付就好，沒關係的。」

那一天我跟春奈來到醫院裡頭的販賣部，想買些糕餅點心跟果汁一起分享。

「妳在說什麼呀？我剛領到打工的薪水所以很有錢，我來付就好。」

「不用啦，請妳好好珍惜那筆錢。小綾妳是有將來的，現在得先好好存點錢才行！」

那句話，讓我內心一陣刺痛，眼眶開始湧出淚水。

「妳看，我也是很有錢的哦。因為我沒花過錢，所以今年領到的壓歲錢還有這麼多！」

春奈說完這句話就打開她的小錢包。裡頭放了兩張五千日圓的紙鈔，摺疊得整整齊齊。

我原本忍住的淚水滴下去了。

「小綾？妳怎麼了？」

「對不起，沒什麼。」

我把眼淚擦掉，硬是擠了個笑容出來，隨口糊弄過去。

我流淚的理由當然是因為春奈那番話，但也不僅只有那樣。當時附在春奈錢包上的，是一個不但掉色而且還破破爛爛的鑰匙圈。那正是我在國小校外教學時買回來給春奈的小熊鑰匙圈，不會錯的。

就是想到這件事，我才會差點在早坂面前哭出來。

果然，只要跟早坂在一起，就會回想起春奈的事。

我整個人鑽進被單裡，睡了下去。但是，春奈隨即在我的腦海裡浮現，讓我難以入眠。

之後又過了一個月，我放暑假了。學校出了很多作業，在跟暑氣產生相乘效果之後，更加令人憂鬱。

我跟早坂只用手機互相聯絡，自從那天之後也沒再見面。

相對的，我跟拓也則幾乎每個禮拜都會見面。可能是因為他很懂女人心的緣故，他的約會手段相當老練，讓我不太好拒絕。當然，我對他完全沒有任何戀愛感情。

在暑假開始之後沒幾天，早坂住院了。聽說這回他並不是利用暑假進行住院檢查，而是身體真的出了狀況。

我一如往常的傳了一句『還活著嗎？』跟他聯絡，第二天他慢吞吞的回應了一則『住院NOW』，還加了一個V字手勢的表情符號。

當我衝到醫院的時候，早坂正在畫畫。雖說也太湊巧，但那裡就是春奈曾經住過的單人病房。

「因為他們說只有這間是空的，不過這也太巧了。總覺得，我在心情上變成了春奈。」

「你在說什麼傻話？話說回來，身體不要緊吧？」

「聽說轉移了。」

「轉院？」

「不對，轉移。」

因為早坂未免也太處之泰然，我完全聽錯了。

「你說轉移，不是很糟嗎？」

「我覺得很糟。」

他畫圖的手沒有停下，簡直就像事不關己一般的這麼說。

我說不出話，選擇沉默。

「聽說腫瘤轉移到脊椎了。」

早坂說出這句話時，臉上浮現出放下一切的神色。

「為什麼你還可以這麼心平氣和呀？那情況與其說很糟，應該說是相當糟糕吧！」

「大概是吧。」

「所以說，為什麼你這麼……不更加的……慌張一點？你不會怕嗎？」

「怕什麼？」

「呃，我是說……」

我又說不出話了。

「以前的我會怕。既害怕、又悲傷、不甘心、很難受。可是現在，總覺得有一種終於來了的感覺。」

「什麼呀，我完全聽不懂你的意思。」

「我想健康的妳是不懂的。如果是春奈的話，她大概就會懂我的意思。」

我感到一陣煩躁。明明人家在擔心他，那種態度是怎樣啦。我無法理解的是，腫瘤已經轉移到脊椎了，為什麼他還能這麼冷靜？

「是哦？所以說你是想早點去見春奈了？」

「倒也不是這樣，不過如果見得到的話，我會很期待的。」

「蠢透了。既然這樣，你就早點去死吧。」

我粗魯的把背包提起來，離開病房。

我到公車站等公車。盛夏的太陽正毫不留情地曝曬我的身體，全身開始一點一滴地冒出汗水。胸口中的焦躁感壓不下來。那是我對暑氣、以及對自己本身的怒意。

為什麼我會脫口說出那麼過分的話呢？「你就早點去死吧」，這種事其實我連一丁點都未曾想過。我就是不自覺，或者應該說什麼都沒想，就無意識地將這番話掛到口邊說出去了。
我之前也對春奈說了很過分的話。不自覺的情緒化，讓惡言惡語脫口而出。結果從以前到現在，我一點都沒有長進。
憤怒轉變為悲傷，我當場蹲下身去，用雙手遮住臉。
記得國中畢業典禮後，我對春奈惡言相向的時候，好像也是這樣子等公車。我到現在也還是個小孩子。
我想道歉，想現在馬上跟早坂道歉。公車還沒來，就回病房去吧。不行，我害怕看到早坂的臉。猶豫過後，我從背包裡拿出手機。
『剛才我說得太過分了，抱歉。』
可是，傳送按鈕我按不下去。
就在我剛把訊息刪掉時，有新的訊息傳送過來了。是拓也。
『綾香，下禮拜有空嗎？去海邊玩吧去海邊！接下來還有慶典，也可以去夜間泳池，還有煙火大會，總之全都去吧！』
我嘆了口氣，回應拓也一句『可以去的話就會去』。
沒多久公車來了，我以向後倒的姿態坐到了最後面的位子上。
結果我就這麼過了一個禮拜還沒道歉。在那之後，我跟早坂也沒再聯絡。來聯絡的都是拓也。

今天雖然跟拓也約好了要去海邊，但不湊巧下雨就取消了。因為突然有空，所以我思索著要做什麼。

就去見早坂吧。我做了這個決定，將難得買下來的荷葉邊泳衣收進衣櫃，打扮了一下。

我離開家走到公車站。外頭雨勢很強，我很快就後悔離開家門到這裡來了。

早坂現在不知道在做什麼呢？可能正跟春奈一樣，一個勁兒的畫畫吧。

我在最接近醫院站牌的前一站下車，先去花店。如果買那種花，應該會讓早坂的心情變好才對。

「哎呀，這不是非洲菊小妹妹嗎？好久不見。今天妳也是來買非洲菊的嗎？」

「午安，請給我五朵。」

「五朵嗎？」

我付了錢，收下了花，轉身正要離開花店時，阿姨先說了一句「啊，對了對了」之後又說：

「這麼說來，非洲菊小弟弟還好嗎？他最近都沒有來了。」

「啊啊，呃，我猜他很好，大概。」

「是嗎？請幫我跟他說，下次也歡迎他光臨。」

「我明白了。順帶一提，他的名字是早坂秋人，我叫三浦綾香，如果您方便記下來的話，我會很高興的。」

「哎呀是這樣嗎？我會記住的。」

阿姨微微一笑這麼說。我倒也不是討厭被叫成非洲菊小妹妹，但因為非洲菊小弟弟跟非洲菊小妹妹聽起來就很煩，所以姑且還是正名一下。

我到醫院後，就搭上電梯，按下了四樓的按鈕。

雖然來了是很好，但說到底他是不是還在住院呢？算了，如果不在的話，那樣也不錯。我走出電梯，前往病房。

我慢慢的走到了病房前面。

可是，我的手在開門時猶豫了。

還是回去吧。當我時隔兩年再來見春奈的時候，我也是在門前猶豫了好一陣子。當時是因為早坂在我背後推了一把，才讓我下定決心。但現在，已經沒有會在我背後推一把的人了。

即使過了好幾分鐘，我依舊呆在原地，無法做出任何動作。

還是離開吧。我轉身背向著門，沿著來時路回去。

「妳在做什麼？」

「啊……」

從走道遠處走過來的早坂單手拿著速寫本，一臉不可思議地看著我。

我們互相凝視對方幾秒後，他沒說一句話就走進自己的病房。當我跟在後面進去時，早坂已經讓自己的背靠在上半部床面升起來的病床上了。

「非洲菊，妳買過來給我了啊。」

「……嗯，我去擺花。」

我把水加進了擺在洗手台上的花瓶中，將五朵非洲菊插進去之後，再把那花瓶放在病床桌上。

我在病床旁邊的圓凳上坐下。沉默瀰漫在我們之間，感覺有些尷尬。

早坂呆望著窗外。

「我說啊……先前的事，很抱歉。」

我用喃喃自語的聲調低聲說。

早坂依然呆望著窗外。雨以比先前還要猛烈的態勢持續下著。

「還好，沒什麼。我並不在意。」

早坂打開了速寫本，開始用彩色鉛筆輕快地畫畫。

「你的背，會痛嗎？」

「嗯，有一點。」

「是嗎。」

窗外閃了一道銳利的光，晚了一小段時間以後，又響起轟隆隆的雷聲。早坂完全沒有一絲介意的樣子，繼續畫圖。

我雖然害怕打雷，但也執意探頭過去看速寫本。那是一幅煙火的畫。彩虹顏色的煙火在夜空綻放，一個少女正在房間裡抬頭仰望那些煙火，窗戶的上方吊著許多晴天娃娃。

「這畫裡頭的女孩子是春奈？」

早坂既沒有回答，手也沒有停下來，繼續畫圖。雷再度打下來，巨大的雷聲轟然作響。

「剛剛那個，應該打在相當近的地方吧？」

一直看著自己手邊的早坂如此說。我回了一句「是啊」。

「下禮拜，如果放晴就好了。」

「下禮拜？為什麼？」

「星期五有煙火大會，從這一間病房可以看得到。」

啊啊，我想起來了。我記得，是拓也約我去看的煙火大會。去不去還沒有決定。

「兩年前我跟春奈約好要在這裡一起看煙火。不過我住院了，結果也沒辦法兩個人一起看成。」

「原來還有這種事。所以你才畫這幅畫的嗎？」

「我在想，春奈是用什麼心情看煙火的呢？那時候我打電話給她，她正在哭。」

我第一次聽說這件事。早坂畫圖的手停了下來，把彩色鉛筆擱在一邊。

「早坂，你為什麼會喜歡上春奈呢？」

不知道該說些什麼話比較好的我，如此問道。不過，這是我一直都很在意的事。我覺得跟只能待在病房的春奈相比，一般來說，大家還是會想跟可以任意外出的正常人交往吧？

「其實我在心臟被發現有腫瘤之後，就放棄了人生。先是放棄用功念書，在升上高二以後甚至放棄交朋友，後來就連談戀愛也放棄了。」

「因為你知道自己馬上就要死了？」

「當然是這樣。如果是三浦，妳會怎麼做？」

我試著思考，如果是我的話會怎麼辦。我想我一定也會放棄許多的事情。我會把打工辭掉，搞不好連學校都不去了。甚至有可能把自己關在家裡，每天都因死亡即將來臨而感到恐懼。可是，老實說，因為那對我而言太不現實，所以就算想像也有限度。儘管如此，對春奈跟早坂來說，那就是現實。

當時，還只有十六歲的早坂，所承受的絕望感到底有多大，我是完全沒有辦法體會的。

「我覺得我應該也會跟你一樣，搞不好還會自殺也說不定。」

「我也是每天都想死。可是，不想死的心情還是強了點，然後就沒死成。」

早坂將視線落在自己所描繪的畫當中。他似乎正在看著畫中的春奈。

「就在那時，我跟春奈相遇了。明明境遇跟我相同，不對，明明境遇比我還糟，春奈卻接受了自己的命運，讓我覺得，她跟我完全不一樣。」

「……因為春奈的內心很堅強呀。」

「我一開始也是這麼想。可是，其實她比一般人還要更加脆弱。她很怕寂寞、又愛哭，春奈就是個平凡的女孩子。即便如此，她依舊極力跟病魔搏鬥到最後一刻，該怎麼說，當我察覺到時，就已經喜歡上她了。」

是嗎？我說了這兩個字後低下頭來。

我好羨慕春奈。假設我的壽命只剩一點點，也一定不會有任何人愛我吧？拓也想必也會從我的身邊離開。明明我身體健康，卻不像春奈那樣，被人發自內心地深愛過。

「我跟春奈，談了一場『期間限定之戀』。」

這句話，讓我抬起頭來。

「期間限定之戀？」

「是的。雖然明明知道即使結下緣分，幸福也不可能持續，但我是認真的。我是認真的喜歡春奈。不過直到最後，我還是沒能將自己的心意傳達出去。」

早坂說完這句話，就以困擾的神情笑了。是跟春奈一樣溫柔的笑容。

我不想再繼續聽下去了。越聽只會覺得自己越悲慘。

我不知道什麼叫真正的愛。到目前為止，自己一路談過來的戀愛，是比春奈與早坂所談的『期間限定之戀』還要汙穢得多的戀情。我連自己不喜歡的男人都可以隨便交往。如果要給我的戀愛加上一個名稱，大概就叫『賞味期限一個月的可悲之戀』吧。

「我看過天氣預報，下禮拜會一直下雨。晴天娃娃，我來做做看吧。」

早坂站到窗邊，抬頭望著灰濛濛的天空。他還在跟春奈談戀愛。即使人死了，春奈依舊持續被愛。

「可是既然春奈都已經死了，你也可以試著談新的戀愛了吧？」

我的聲音顫抖起來。難道他都沒有察覺到嗎？太可怕了。

「現在才開始嗎？應該沒辦法了吧。因為我已經決定把自己跟春奈的這段戀情，當作人生的中最後一場戀愛了。」

「什麼啦？春奈春奈的，整天開口閉口都是春奈，你是要執著到什麼地步呀？你是個男人吧？」

這句話說完，我立刻就後悔了。又搞砸了，說話不過腦是我的壞毛病。現在馬上道歉吧，連對春奈也要道歉。

「說的也是，我很沒出息。」

早坂抬頭望向天空，他看上去並沒生氣，只是表情淡然的低聲這麼說。

「真的很沒出息。又土氣又不好看。」

我又亂說話了。果然，我就是道不了歉。我不甘心的湧出淚水。

「這話就說得有點過分了。三浦妳不也對春奈很執著……」

轉身望向我的早坂察覺到我的眼淚，閉上了嘴。

「我要回去了。」

我站起身來，粗魯的抓住了背包。

「外面的雨還很大，再待一下比較好。」

即使如此，我還是沒理會他，離開了病房。

傘一點用也沒有，害我全身都溼了。這樣正好，我連公車也不搭，就淋著雨往前走。

或許連我自己也沒有察覺到，但我可能早就愛上了早坂也說不定。正因如此，我才會為一點小事就發脾氣，把自己傷得很深。

我從出生以來，第一次有這樣的心情。

沿著臉頰滑動的究竟是雨還是淚，我已無法分辨。

走了一段時間後我停下腳步。結果最終走了三個公車站的距離。我在一處設有候車亭的公車站旁一邊等公車一邊躲雨。傘已經被風吹折，自豪的長髮也被淋得慘兮兮，衣服當然是溼的，甚至連內衣都溼透了。

手機不知道有沒有事；如此心想的我在背包中尋找。看來似乎是沒什麼問題。時間是下午六點，雨沒有絲毫減弱的跡象，我在猶豫要不要用這副淋到全溼的模樣搭公車。

只要一躲雨，就不太想再走路。就在我為該怎麼辦才好而遲疑的時候，有人來電了。

「……喂。」

「綾香？現在要不要去吃飯？妳現在在哪？」

是拓也打來的。如果是平常的話我會拒絕，但此刻的我，卻湧起了類似想抓住浮木般的心情，開口向他求助。

「我知道了，馬上就過去接妳。」

在我簡潔的說明完狀況之後，拓也掛斷了電話。他有一輛聽說是父母親幫買的中古輕型車，現在一個人住在大學附近。房租當然也是父母親幫他出的。

差不多二十分鐘後，拓也來接我了。

「哇啊，真慘啊。來，先用毛巾吧。」

「謝謝。」

我拿了毛巾，坐在副駕駛座上。座位也為我鋪上了毛巾。

「在這種日子，妳是去哪裡啊？」

「……我去朋友那邊探病。」

「是喔。總之，妳這模樣也不方便到店裡去，來我家吧？」

「……嗯。」

我們先到便利商店買換洗用的內衣，再前往拓也的公寓。

當我們抵達拓也的公寓時，雨勢已經變小了。

這棟建築物的白色外牆相當美觀，而且造型還相當新潮，應該是新建案吧？能買車送給兒子，還讓兒子住這種看上去頗為時髦的公寓大樓；拓也的家境應該相當優渥。

我一進到他家，就馬上借浴室淋浴。我想將所有煩惱全都洗掉，讓一切順水流走。

浴室裡，掉了幾根褐色的長髮。我裝作沒有看見，走出浴室。

我跟拓也借了T恤跟運動服，在自己的衣服乾燥以前先穿上。我們兩人吃了剛買回來的便利商店便當，但我沒有食慾，剩了一半以上。

「總覺得妳看起來相當沮喪，沒事吧？」

拓也一邊喝著買回來的咖啡一邊說。

「沒事，什麼事也沒有。」

「不對，絕對有。是不能跟我說的事嗎？」

拓也以溫柔的語氣如此說。果然他真的很懂女人心，我的心房差點要敞開了。不過，對他來說，我只是一大堆女人之中的其中一個而已。不過是他用來打發時間跟發洩慾望的道具。

「我說拓也，你是怎麼看我的？」

「怎麼看妳，我覺得妳很可愛呀。」

「就這樣？」

「不是，就非常喜歡，很想多瞭解妳一點啊。」

「這種話，你已經對很多女孩子說過了吧？」

「才沒有這種事呢，我只對妳這麼說。」

我不相信。拓也的話語流露著輕浮的氣息。果然，不被男人愛就是我的命運。

「你真的喜歡我？」

「當然是真的。」

儘管如此，拓也還是沒說想跟我交往。雖然就算他說了，我也沒有要交往的意思，但我想被人需要。即便是謊言，可被人說喜歡的感覺並不壞。

「那麼，如果我罹患了不治之症，馬上就要死了，你還會喜歡我嗎？」

「……妳在說什麼？」

「試著想像一下。即使那樣，你還會喜歡我嗎？」

拓也思索一下，答了這麼一句：「綾香，妳該不會生病了吧？」

「我是說如果。」

「如果啊。怎麼說呢？我的心意應該是不會變啦，不過我沒有自信。」

「這樣呀，說的也是。」

很誠實的答案，跟我差不多。如果問我會不會去喜歡一個明知會早死的人，老實說，我也沒自信。

「妳是怎麼了，突然問這個。」

拓也靠近我，使勁將我的肩膀拉過去靠近他，我將身子任由他處置，他的嘴唇碰上了我的嘴唇，我則像對一切都不管不顧似的，順著他的引導移動到床上。

外頭再度下起強烈的雨，寂靜的室內只有他的呼氣聲跟雨敲打在窗戶上的聲響。

在豪雨的夜晚，我犯下了過錯。

我在黎明時分醒來，看到裸著身體在旁邊睡覺的拓也，感覺非常後悔。

光從窗簾的縫隙之間穿透進來，雨似乎已經停了。

我換了衣服，靜靜離開房間。

在我就這麼毫無情緒的走了一個多小時回到家中之後，馬上就去淋浴。我一面哭，一面把糾結在頭髮裡的男人味道洗掉。

之後有一個禮拜的時間，除了打工以外我都不外出，一直把自己關在家裡頭。

雖然拓也聯絡了我好幾次，不過我全都沒理會。

今天是煙火大會。

即便從兩天前就有來自拓也的邀約聯絡，但在我連這次聯絡也沒去理會後，他的訊息也就中斷了。他一定是去連絡別的女人，並且已經找好對象了吧。

儘管直到昨天為止的天氣預報還是雨天，可傍晚以後的氣象標誌卻變成了晴天。

早坂應該把晴天娃娃做好了吧。

到了傍晚，我離開家前往醫院。

我如果去應該會帶來困擾吧？他會不會覺得，這傢伙怎麼還敢來啊？我一面隨公車搖晃，一面迷迷糊糊的想著。

因為兩手空空的去會讓我覺得自己很糟，於是我在抵達醫院之前先到花店一趟。

「哎呀非洲菊小妹妹，今天妳也很漂亮呢。」

阿姨似乎已經完全忘了我的名字。算了，反正也沒差。

「謝謝您。請給我非洲菊。」

「好的，非洲菊對吧。要去朋友那邊探病？」

「是的，沒錯。」

「那位朋友，該不會是男生吧？」

「是沒錯。」

阿姨露出微笑，說：「那麼，今天就請您帶六朵過去」。

「是哦，那就這麼辦。」

花朵數量什麼的其實都無所謂。雖然我不太懂，但如果是花店的推薦，那應該就一定是吉利的數量了。

我付了錢，收下了花正要離開花店，阿姨似乎想起什麼，說了一句「啊，對了對了」。

「有什麼事嗎？」

「非洲菊這種花呢，送不同數量會有不一樣的意義哦。而送六朵呢，意義就是『我對你深感著迷』。」

「哦～～滿有趣的嘛。」

「對吧？」

阿姨心滿意足的笑著，我也用笑臉回應她之後才離開花店。

「咦？妳是三浦吧？」

當我抵達醫院門口時，看到了眼熟的面孔。其中一個是高二的時候曾在同一個班上的村井翔太，另外一個我記得，是籃球社的藤本繪里。

「啊，你們好。是探望過早坂要回去了？」

「是沒錯，不過三浦妳也是來探望秋人的？」

「嗯，算是……吧。」

「這麼說來，三浦跟秋人高二的時候經常在一起呢。勞煩妳特意關照秋人，真的非常謝謝妳。」

聽說他們兩個人接下來要去煙火大會。

我對他們輕輕揮了揮手，就搭上了電梯。

在早坂的病房前面，我僵著不動好一陣子。

上個禮拜我又一個人亂發脾氣，也說了很過分的話。或許已經被討厭了吧？不對，一定早就被討厭了。如果他乾脆點跟我說以後不用來了，我還輕鬆得多。

幾分鐘後，我下定決心打開了門。

「咦，這不是三浦嗎？妳又來看我了。總是麻煩妳，不好意思。」

早坂以溫柔的笑容迎接我。這個男的真的是……打從第一次見面的時候起就是個讓人捉摸不透的男人。

「你沒有生我的氣嗎？」

「為什麼要生妳的氣？」

「什麼為什麼，我不是每次都一個人發脾氣說過分的話，傷害到你嗎？」

我心虛的這麼說。因為太害怕，我不敢看早坂的臉。

「其實我並不在意，也沒怎麼受到傷害。怎麼說，好像三浦才是被傷到的人，我才想對妳道歉。」

「沒這種事……」

早坂說的真是一點也沒錯。我用自己的話語，傷害了我自己。自己一個人失控，結果別說早坂，就連我自己也受傷了。

「妳又買非洲菊過來給我啦，謝謝妳。而且妳還買六朵。」

早坂看著我拿在手上的非洲菊，苦笑著說。

「啊啊，我其實不是這個意思。是因為花店阿姨叫我要送六朵才買的，我可沒有對你深感著迷啊。」

「我知道。那個阿姨有些時候滿愛管閒事的。」

早坂說完這句話，就打開了速寫本。

「你真的很喜歡畫畫，只要有空的時候你都在畫畫對吧？」

「還好啦，我果然就只有這點事拿得出手了。」

「是哦。」

距離煙火施放，還有一點時間。因為早坂已經開始畫畫，我就跟著進行自助美甲的作業。

我從背包裡拿出一套美甲工具，開始整理自己的指甲。

「喔，真不愧是以美甲師為志願的人物，連在重病患者的病房中都可以練習，真是太厲害了。」

早坂笑著諷刺我，我將凝膠筆對著他，說：

「要不要幫你的指甲也塗一下呀？」

「呃，不用了。」

早坂又繼續畫圖，我則接著進行美甲。

雖然從旁人的角度看來，可能會是相當不可思議的光景，但身處其中的我感覺很舒服。

「啊，差不多是煙火的時間了。」

在這麼過了一段時間之後，早坂抬頭看著掛在牆上的時鐘低聲說。

「是說，我也可以在這裡一起看煙火嗎？」

「可以啊。」

我跟早坂站在窗邊，抬頭望向著漆黑的夜空。

雖然現在我才注意到，不過窗戶上方正吊著兩個晴天娃娃。

「還沒放嗎，時間差不多到了。」

「會準時放嗎？……啊！」

就在我將視線移到時鐘的那一瞬間，煙火升空了。實在是太美麗，讓我的目光不由自主地被接下來陸續升上夜空的煙火吸引住。

「感覺好久沒有看煙火了，真漂亮。」

在夏季夜空恣意盛開的煙火散發華麗的光芒，完全吸引了我的心。早坂一句話也沒說，繼續仰望著天空。

我看著他的側臉，吃了一驚。早坂正在流淚。

為什麼他在流淚，其實不用問我也大概明白。那是美麗的淚水。比我流的眼淚，還更美麗得多。

「啊啊，抱歉。」

可能是察覺到我的視線了吧，早坂擦了擦他的眼角。我沒有回應也沒看煙火，繼續看早坂的側臉。

「怎麼說，我回想起兩年前的事了。一想到春奈就是在這裡一個人看煙火，我就哭起來了。」

煙火的光照亮早坂的臉頰。眼淚又有一滴，掉落下去。

「對不起，我又說春奈的事了。」

「沒關係，又沒差。我沒有討厭你說。」

「這樣啊。」

我將視線移回空中。美麗的煙火如同非洲菊一般，在夜空盛開。

接下來我們兩個人都不再說話，一直凝視著煙火。

「我說早坂，你還是很喜歡春奈對吧？」

我在煙火施放結束後依然繼續望著星空，同時對早坂這麼說。

已經回到病床上的早坂，虛弱說道：「是啊。果然，我忘不了她」。

「其實也沒有忘掉的必要不是？我覺得，春奈在天堂會很開心的。」

「會這樣嗎？」

「會這樣的，一定會。我覺得，春奈也在天堂看過煙火了。」

「如果真的這樣，就好了。」

我看了眼手錶確認，會客結束時間很快就要到了。

「那麼，我差不多該回去了。畢竟如果跟你在一起再久一點，春奈搞不好會嫉妒。」

「我知道了。謝謝妳的非洲菊，路上小心。」

「好的～～拜啦。」

我離開病房，哼著歌走在回家的路上。

在暑假結束又過了兩個禮拜的時候，早坂主動聯絡我，希望我能陪他一起去春奈的墓前祭拜。他雖然已經出院，不過似乎跟專門學校辦了休學，正自宅療養中。

因為他說要在那一天的下午去，於是我仔細做了一番準備之後才出家門。不知道為什麼，明明只不過是去墓前祭拜，心情卻很雀躍。

我穿上自己喜歡的衣服，也化了一個完美的妝，前往約好的地點。

我們約在花店會面。當然是我們都會固定報到的那間花店。

早坂還是比我先來。

「哎呀，非洲菊小弟弟好久不見了呢。非洲菊小妹妹也歡迎光臨。」

「謝謝。請給我三朵非洲菊。」

「好的，三朵嗎。」

阿姨似乎很開心的微笑著，伸手拿了紅色、黃色、橙色的非洲菊就走向收銀櫃檯。

「喂，為什麼是三朵？不覺得少嗎？」

「沒問題的，就三朵。」

「三朵非洲菊呢……」

「啊，不用說沒關係。」

早坂制止阿姨的發言。雖然我覺得不可思議，但也沒追問下去。

「非洲菊小弟弟，以後要再來哦。」

這句話，讓早坂停下腳步。

「……可以來的話，我會再來的。」

早坂沒有轉頭過來看阿姨，說了這句話之後便離開花店。我則是先對阿姨輕輕點頭致意，隨即跟在早坂身後。

我們從那間花店搭公車前往墓地。早坂在抵達墓地以前，就這麼緊緊握著三朵非洲菊，一直沉默著。

等到我們來到春奈的墓前，早坂才終於開口：

「來這裡的時候，不知為何心情就會安寧下來。」

「嗯，不知道為什麼，我可以明白這種感覺。」

在我們眼前的，只是一塊石頭。可是，春奈長眠在這裡，春奈就在這裡。雖然只是冰冷的石頭，但彷彿可以感受到春奈生前的溫度一直在周圍縈繞。每次來這裡的時候，我的內心也會隨之平靜。

早坂將三朵非洲菊插在花瓶裡，打火點香後進行祭拜。

「最後我能來到這裡，真是太好了。」

在我睜開眼睛時，聽到早坂自言自語般的這麼說。

「最後是什麼意思啦。剛好還有一個月就到了，你要在春奈的忌日那天再來啊。」

「……可以去的話，我會去的。」

說出這句話的早坂，眼睛流露出似乎在遠觀某處的孤寂神色。他就只是默默的凝視著春奈的墓石。

「好了，回去吧。」

早坂很乾脆的轉身背向墓石邁出步伐。我緊跟在他後方行走，望著他無精打采且有些駝背的步行姿態，並沿著來時路回去。

之後早坂反覆的住院又出院，而在他十一月住院時，背痛已經疼到了沒辦法行動的程度，於是春奈忌日當天，只有我一個人到墓前祭拜。

我最近因為學校跟打工的事情在忙，滿少去早坂那邊探病。但我姑且還是會每天對他進行生存確認。

拓也在時隔已久之後，也傳來了聯絡。他一定是跟玩過的女人分手，為了打發時間才又來聯絡我的吧。

「早坂，還活著嗎？」

在久未到訪的早坂病房裡，擺置了許多非洲菊的花朵。應該都是他的兒時玩伴買過來的。剛才我先到花店走一趟的時候，花店阿姨還很開心的說：「最近，非洲菊的銷量很好呢」。

我把自己帶過來的五朵非洲菊，插進已放入十朵非洲菊的花瓶中。

「勉勉強強還活著，勉勉強強。」

「如果你還可以講笑話，看起來應該就還沒問題吧。」

「呃，也不是這麼說啦。」

早坂似乎很辛苦的撐起身體，伸手拿了一枝黃色的非洲菊。

「我可能也快要跟三浦道別了吧。」

「你在講什麼呀，聽起來滿軟弱的耶。」

「不知為何我就是知道，真的會很快。春奈當時，也是知道的吧？」

「這種事，我才不曉得。」

早坂難得有如此軟弱的時候。他把拿在自己手上的非洲菊插回花瓶後，如此述說：

「總覺得，雖然三浦妳在第一次見面的時候感覺有點可怕，不過其實妳很為朋友著想，也有很溫柔的地方。」

「你突然講這個幹嘛？我會害羞的不要說了。還有，有點可怕是什麼意思？」

「妳應該相當忙，卻還常來探望我，我很感謝，幫助我滿多的。」

「……是嗎，如果是這樣的話就算了。」

我回想起第一次跟早坂見面時，他嚇到抖個不停的樣子了。那時候我從未想過，自己現在會跟他處得這麼好；那時我也不知道，他已經罹患了這樣的病症。

「為什麼突然要講這種話。」

面對早坂難得坦誠的話語，我害羞的問道。

「為了可以在任何時候死都沒關係，我想趁還可以講的時候先講比較好。」

「什麼啦，別鬧了。你如果死了，我會很困擾的。」

「為什麼三浦會困擾？我說三浦，妳是因為春奈要妳幫她支持我，所以才會如此關心我的吧？如果我死了，三浦就可以恢復自由身了。」

我大大的嘆了一口氣。這種從早坂的拘束中解放出來恢復自由的念頭，我從來都沒想過。

「我呢，一開始確實是為了春奈，才幫她照顧你。但現在不一樣了。我是因為想這麼做才做的。」

「雖然我不太懂，不過三浦果然非常溫柔。」

連我也不太懂。我連自己的心情都不明瞭。只是，早坂如果死了，我覺得自己會跟春奈那時一樣沮喪。

「死了之後，還能見到春奈嗎？」

早坂躺在病床上，一直望向虛空。

「這種事誰知道。這麼想見春奈的話……」

「就早點去死？」

早坂笑著這麼說。我才沒有那麼想。

「啊，打工的時間到了。」

我一面看著手錶一面起身站立。其實我才沒有打工。只是因為繼續在這裡待下去可能會哭出來，所以胡扯了一個藉口。

「妳今天有打工啊。謝謝妳特地過來看我。打工，加油啊。」

「……嗯。謝謝。」

我將背包搭在肩上正要離開病房的時候，早坂叫住了我。

「三浦，真的謝謝妳。」

「……嗯。我會再來的。」

早坂的眼神流露出了一抹孤寂。

——那成了我與早坂的最後一次對話。

過了幾天，我在打工結束之後便前往早坂的醫院，而他正在熟睡。雖然我在那裡待了三十分鐘左右，但因為他沒有醒來的跡象，於是我就回去了。

第二天，我又特意前去早坂的醫院。

在去之前我先到花店，想先買非洲菊再過去。

「哎呀非洲菊小妹妹，歡迎光臨。」

花店阿姨以一如既往的笑容對我表示歡迎。

「午安，今天也是非洲菊，請給我五朵。」

「呵呵，不是六朵沒關係嗎？」

阿姨露出了惡作劇般的笑容這麼說。

「是的。五朵沒問題。」

「是嗎。」

我付五朵花的錢，收下了花。

「可以問一個問題嗎？」

「可以呀。妳想問什麼？」

「三朵非洲菊，代表的意義是什麼呢？」

我問了這句話之後，阿姨呵呵一笑，說：

「三朵非洲菊呢，代表的意義是『我深愛著你』。很美妙吧。」

「原來如此。確實是，很美妙。」

原來早坂供奉在春奈墓前的那三朵非洲菊，代表的意義是這樣的啊。我如此感嘆著。

當我抵達病房時，早坂依然表情安詳，以會讓人認為已經死去的姿態沉睡著。

他的臉頰瘦到有些凹陷，手臂上血管起伏的微弱程度也清晰可辨。

我無意間靈機一動，托起了早坂的手掌。令人意外的是，他的指甲很好看。

我從背包當中拿出美甲工具，然後花了三十分鐘，分別在他的中指、無名指與小指塗上紅色、黃色與橙色的指甲彩繪。他連一點動靜也沒有，讓我塗刷得比預想中還順利。

早坂醒來之後，看到我塗的指甲彩繪，不知道他會怎麼想。是會生氣呢，還是會困擾呢，又或者是會笑我呢？

在那之後又過了一個禮拜來到十二月，早坂依然沒有醒來。

幾天後，我縮著肩膀於正在下雪的路上行走，前往醫院。今天他還是以安詳的表情沉睡著。他的指甲上，還留著我塗的彩繪。早坂不會在沒有察覺到這些彩繪的情況下，就這麼死去了吧。

因為淡掉了一點，於是我握起早坂的手再塗一次。

回想起來，這間病房充滿許許多多的回憶。

我在塗指甲油的同時，也回顧著那些快樂的日子。

我在這間病房與春奈再會，之後春奈跟早坂還有我在這裡聊了各種各樣的事。那個時候每一天都很快樂，我曾希望能一直持續下去。

我也在這裡跟早坂一同歡笑，互相開對方的玩笑，還吵過架。不過雖說是吵架，也只是我單方面在發脾氣就是了。

這一切，都拜早坂所賜。早坂硬拉著我的手，帶我到這個地方；讓我在春奈死前，得以跟她和好；讓我度過了一段一生無法忘懷的快樂時光。

對於早坂，我有無盡的感謝。

一開始我是為了春奈。是因為春奈的信中有寫到「請幫我支持秋人」，所以我不過就是照做而已。

但現在不一樣了。我是以我的意志，來到這裡。不是為了春奈，是為了早坂而來見他的。

雖然我無法成為春奈的代替品，但我想支持早坂。

如果春奈與早坂算是談了一場『期間限定的戀愛』的話，那麼我所經歷的，或許就是一段『期間限定的單戀』。我凝視著早坂的睡臉並如此想著。

早坂傳來聯絡，是在那之後又過了兩天的事。

當我在午休時間確認手機裡的資訊時，一則訊息傳送過來。

雖然不太明白是什麼樣的訊息，但傳送過來的是某個網站的超連結。我點選超連結後，就連到一個部落格網站去了。

總之，我被眼前冒出來的『櫻井春奈的祕密部落格』標題嚇了一跳。在讀過文章後，我確認就是那個春奈寫的，不會有錯。

我忘了去吃午餐的便當，將文章一篇接著一篇的讀下去。

「綾香？妳怎麼了？沒事吧？」

美久慌張失措的說。我才察覺過來，自己正在流淚。

「沒事，對不起哦。」

雖然春奈的部落格讓我很吃驚，但總之早坂醒來了。等到學校課程結束，我要去對早坂好好抱怨一下。

既然有這個部落格，為什麼不早一點告訴我呢？我打算這麼對他發脾氣。而且文章當中還有受到加密保護的內容，我點不進去。

這一天，我的學校有一堂由職業美甲師親自教授的特別課程。因為這樣，我抵達早坂的醫院時，會客時間也快結束了。

病房裡並沒有早坂的身影。

我在前往護理站的路上，跟一名護理師擦身而過。我向她詢問了早坂的事。

看樣子早坂在今天的上午是醒過來了，但在傍晚過後病況急遽惡化並陷入昏睡狀態，被送往加護病房。

除了家人以外的訪客都被謝絕進入，我進不去。

明天，我再來看你。

我遠望窗外下個不停的雪，心裡如此想著。

三天後，我終於能見到早坂了。

躺在病床上的早坂，臉上蓋著一塊白布。

親眼見到早坂遺體的我，不禁失聲痛哭。

從收到聯絡之後一直到來這個地方為止，我都還算能夠把眼淚忍下來。可是，一旦事實呈現在眼前，我依舊忍不住。

早坂的父母親跟他的妹妹，還有比我先來的早坂那兩位兒時玩伴，都在嚎啕大哭。

從早坂被告知餘命一年的那一天開始，他已經活了大約有三年。

這一定不僅僅是靠他的力量而已，還包括了在這裡的他的父母親、妹妹、好友們、以及春奈。雖然不知道我算不算得上是一份力量，但這三年的時間，是愛著他的眾人與他自己所共同創造出來的。

早坂以跟春奈同樣安詳的表情沉睡著。對我而言，不對，對在場的所有人而言，這算是唯一的救贖。

早坂當然有遺憾吧。他在年紀輕輕的十九歲就離開這個人世了，不可能會沒有。但就算這樣，早坂的表情在我眼中看來，卻彷彿在訴說他的人生雖短，卻過得很幸福。

我哭著握住了早坂的手。

三朵非洲菊，還留在他的指甲上。

在回家的途中，雪開始下了。

反射路燈光線的雪，看起來在閃閃發亮。

雖然很傻，可我心想，這會不會是早坂在對我說謝謝呢？

我在下雪天中走著走著，又哭了。

早坂應該已經察覺到我的訊息了吧？三朵非洲菊的指甲彩繪。因為春奈以前也說過，他是個遲鈍的傢伙，所以一定沒有察覺到。不過，即使真的這樣也很好。

不如說，我更覺得這樣子比較好。

到家以後，我的眼淚依然沒停過。

早坂的喪禮，有許多人參與。

跟春奈的喪禮那時候相比，有許多人來跟早坂做最後的道別。

早坂的遺照，應該是在他還是高中生的時候拍下來的吧？那天真無邪的笑容，感覺有一些稚嫩。

從良好的氣色，跟毫無一絲陰霾的笑容推測，那或許就是還很健康的早坂。

「三浦小姐，午安。」

「啊，藤本小姐。」

是早坂的兒時玩伴藤本繪里，她看起來有些憔悴。另外一位兒時玩伴村井翔太感覺也好像瘦了，不知道是不是錯覺。

早坂的父親靜悄悄的低著頭，似乎正在忍著淚水。

他的母親跟妹妹，已然憔悴至極。

曾經跟我與早坂念同一所高中的同學，也有好幾個過來了。那個雖然我忘了名字，但哭著將眼鏡由下往上推的男子也在現場。

我將眼淚忍到最後一刻，送早坂最後一程。

早坂亡故之後，正好經過一年。

我也順利找到工作，明年春天起就將正式成為美甲師。

早坂的妹妹跟藤本繪里也說會來我工作的店裡捧場。

而就在上個月，拓也向我告白了。

「雖然我跟各種類型的女人逢場作戲過，不過綾香才是最好的，跟我交往吧。」

我當然拒絕。在拓也把「跟我交往吧」這幾個字講完以前，我就先插嘴說不行了。

由於在這之後他還是繼續追求、糾纏不清，甚至出現在我打工的地方；因此我往他臉上狠狠地搧了一巴掌後，再直接將他的通訊方式拉黑。

即便我曾經想過會不會做得稍微過分了些，但因為自從那一天以來他就失去了蹤影，所以我認為反正搧都搧了，讓他再吃一巴掌可能會更好。

總有一天，我的真命天子一定會出現。

我一定可以談一場美妙的戀情，不會輸給早坂與春奈所經歷的那一段美麗之戀。我會如此相信，並好好活過每一天。

如果一直向下看，會讓春奈擔心，也會被早坂笑。

活在今生的我，必須要向前進才行；也必須要滿懷希望，繼續活下去才對。就像那種花一樣。

在早坂的忌日，我一大早就到他的墓前祭拜。當然，我帶了六朵非洲菊過去。

在來到這裡之前，我去了固定報到的那間花店。

「哎呀？這不是非洲菊小妹妹嗎？一直以來都很謝謝妳呢。」

阿姨以一如往常的溫柔笑著，對我這麼說。

我伸手拿了三朵非洲菊。在略為猶豫之後，還是拿到六朵。總覺得如果帶三朵的話，春奈會生氣吧？

當我付了錢準備要離開花店時，阿姨說了一句「啊，對了對了」，把我叫住。

「可以幫我跟非洲菊小弟弟說，隨時歡迎他再度光臨嗎？」

面對以溫柔表情說出這句話的阿姨，我如此回答：「……我明白了，會轉達給他知道」。

早坂的墓地還跟剛建置完成的時候一樣，維持得相當整潔。可能是因為他的家人跟兒時玩伴頻繁到這裡來的關係吧，光澤的墓石在朝日的照耀下，散發出閃亮的光輝。

我在左右兩邊的花瓶各插上三朵非洲菊，打火點香進行祭拜。

在這之後，他的家人跟兒時玩伴一定會來的。我快步離開墓地，不願打擾早坂跟他所重視的家人與朋友的再會。

回到家後，我開啟了很久沒看的春奈的部落格。

從那時候起我已經把春奈發表的文章讀了好幾遍，不對，好幾十遍。每次讀都會讓我淚流不止。

這一天我也將文章從頭到尾讀了一遍，並照慣例向那篇受到加密保護的文章密碼發動挑戰。我試了好幾次，但就是點不進去。

春奈的生日跟我的生日，我將春奈可能會設定成密碼的數字一個又一個的試著輸入過了，卻都不行。

不過，不會是今天吧？我想起一組數字，嘗試性的將這組數字輸入看看。

我的直覺命中了。密碼成功解除，記述在這裡的，是一件在那一天發生而我不知道的事。

『十一月五日，晴，身體狀況不好。

今天我知道秋人的祕密了。

因為下午有檢查所以我下到一樓，秋人就在那裡。他正好從別的檢查室出來，我的媽媽也跟他在一起，好像很嚴肅的說了一些話。

然後我追問媽媽，她全都告訴我了。聽說秋人有心臟病，說不定馬上就要死了。

我不相信。

聽說秋人為了不讓我擔心，一直都沒有說出來。就連煙火大會當天，秋人其實也在住院。其實不用隱瞞也沒關係，好希望他可以跟我說。

原來不只是我，秋人也很難受。明明很難受，明明應該很難受，秋人卻還是幾乎每天都會過來見我。

秋人把自己剩下來的時間，全部用在了我身上。

明明他其實也在生病，卻假裝很健康還不斷鼓勵著我。想到這裡，我的眼淚就停不下來。竟然為了我這種人，真對不起。

我到底要怎麼辦才好呢？

就這麼假裝不知道，也不跟秋人說出來會比較好嗎……他一定是因為不想讓我知道這件事所以才沒說吧。

要怎麼辦才好？該怎麼做才好？我不知道。

我不知道，可是我想支持秋人。

但是，我不想看到秋人死，所以如果我可以先死就好了……。

我就先死，在天堂看顧秋人吧。嗯，就這麼辦。』

我想的沒錯，春奈早就知道秋人的病情了。那一天春奈在哭的理由，果然就是這件事。我思索著春奈的心情，內心一陣揪痛。

螢幕下方，可以看到「新增內容」這幾個字。

『（新增內容：十一月十八日，二十時五十八分）

如果轉世重生，我想要成為非洲菊。顏色是什麼色比較好呢？是紅色或粉紅色、還是橙色或黃色，雖然每一種顏色都很漂亮，不過果然是『希望』的白色最好。

媽媽說，非洲菊的花朵會在春天跟秋天盛開。我要成為在春天開花的非洲菊，在花店賣出去，讓小綾用手拿著我，然後擺在秋人的病房，看顧秋人。

我希望自己不管經過多少天都不會枯萎，一直看顧著秋人。

只要不枯萎，不管什麼時候我都可以跟秋人在一起。

如果我能轉世重生為非洲菊就好了呢。』

面對春奈那天真可愛的願望，我不由得露出了笑容。

讀到這篇文章的早坂，不知道是怎麼想的。在這篇文章底下，已經發表了兩則留言。

我捲動螢幕畫面。

『我終於看到這篇文章了。想不到密碼是我的生日，我真的很吃驚。

關於生病的事情我一直都沒有說，對不起。我從來沒想過要讓春奈知道這件事，對不起讓妳悲傷了。

新增內容我也看了。祈求妳這次轉世重生為健康的女孩子，過著幸福的人生。秋人』

讀完早坂的留言，我的眼眶逐漸溼熱。雖然短命，可他們兩人是幸福的。

我先抬頭上望，眨了好幾次眼睛，把快要掉落的淚珠忍回去。

另外一則留言，是在早坂亡故前三天發表的。

就是早坂將這個部落格告訴我的那一天。

我繼續捲動螢幕畫面。

『或許，我很快就要到春奈那邊去了。雖然心情有一半是害怕，不過另外一半其實也有所期待。

託春奈的福，從我被告知餘命一年的那一天開始又活了三年。春奈，真的謝謝妳。

再來我將這個部落格的資訊跟三浦說了。儘管我本來是打算不跟任何人說的，不過如果是三浦的話就沒關係了。

這麼說來，剛才醒來的時候發現指甲上被人畫了三朵非洲菊的塗鴉。大概是三浦幹的好事吧？

因為三浦應該不知道三朵非洲菊的意義，所以下次見面時我想將意義告訴她，好好捉弄她一下（笑）。秋人』

「我早就知道啦，笨蛋。」

我一讀完留言就不自覺地將心聲吐露出來。同時，一滴淚水也跟著墜落。不管我怎麼擦，眼淚就是撲簌簌的掉個沒完。我將手機緊緊的抱在胸前，靜靜的哭泣。

早坂真的是，笨蛋。不過，這肯定是最好的。雖然我的心意未獲傳達，但這樣子就好了。我並不是在逞強，是真心這麼想。

我用袖子擦拭眼淚，並在春奈的部落格上第一次寫下留言。

『早坂到最後都還是個笨蛋。但是，拜早坂所賜，我也得到許多救贖。願你好好安息。春奈，妳跟早坂應該會在那邊相見吧？但說不定早坂可能沒辦法上天堂就是了（笑）。不過如果可以相見的話，請你們兩位在那邊一定要幸福。

因為已經沒有什麼期限了，你們就盡情相戀吧。

天堂，會是什麼樣的地方呢？

我想自己在好幾年以後，或者說在好幾十年以後也會到那邊去。

到了那時候，我們再三個人一起快快樂樂的聊天吧。希望我們三個人不用待在那間狹小的病房，而是在遠觀遼闊美麗景色的同時，再度共享喜樂。

在那一天以前，我會連同你們的份一起努力活下去。我會在沒有你們的世界裡，度過無悔的人生。

春奈、早坂，真的謝謝你們所做的一切。你們曾經活過的事實，我是絕對不會忘記的。

晚安。　綾香』

我不想跟他們道別。所以，我用晚安作結。

儘管我有些後悔，覺得應該算不上作結；但我心想，算了也好，便按下發表鍵。

可以傳達到他們二人那邊去嗎？——一定，傳達得到的。

我拉開窗簾，眺望窗外。純白色的雪，正以輕柔舞動的姿態降下。

看著雪花不斷以優美的舞姿靜靜飄落，我的眼淚又掉了一滴下來。

雖然很傻，不過我總感覺，這可能就是他們在向我道晚安吧？

後記

初次見面，我是森田碧。

非常感謝您的閱讀，這本書是我的出道作品。

我第一次寫小說是在二〇一八年九月，在這之前我從未看過小說，真正是從零開始。

我走在路上不知不覺的就順便走進書店，又不知不覺的看了拿在手裡的小說，內心大受感動，心想自己也要寫這樣的小說。這就是我寫作的契機。

當時我所住的北海道發生大地震，引發了停電事件（北海道全區域大停電）。

由於自己家中沒有食材，因此我立刻跑到便利商店，但為時已晚。我能買到的只有洋芋片跟軟糖，以及不冰的運動飲料而已。

因為停止上班的關係，我白天會一邊閱讀小說一邊用功研究，晚上則會在車內一面為智慧型手機充電，一面啃著奇蹟般到手的吐司麵包並寫小說。沒想到會在大約兩年後就出道，我在那個時候完全沒想像過會發生這種事。

當我寫完本作時，老實說我覺得寫的過程很順手，這部作品行得通。我抱著這樣的強烈信念去參加新人獎，卻落選了。

之後我不斷的改稿，雖然在某個大獎的最終選拔階段成功倖存下來，但仍舊未能得獎。正當我要放棄的時候，得到了將這個版本的故事出版的機會。

在這裡我要發表感謝的話。

責任編輯末吉先生、鈴木先生，您們精確的指正與增修，讓原本粗陋且不完全的這部作品蛻變為更好的成品。

繪製封面插圖的飴村老師，在第一次看到草稿的時候，我就感動到將檔案儲存在智慧型手機中，幾乎每天都會看一下。

其他還有負責校正及行銷的人士，以及參與這部作品的所有人員，我要對各位表達發自內心的感謝。

我最喜歡的漫畫「航海王」的主角魯夫，曾經在惡龍篇中留下一句名言：「我可以保證！如果別人不幫我，我根本活不下去！」。

我跟魯夫是一樣的。我畫不出那麼美好的插圖，也沒有編輯的能力。

我有能力去做的，就只有寫故事而已。除此之外一無所能。

本作就是在大家對這麼沒用的作者給予支持，眾多人士也應我的請求給予幫助的情況下完成的。

這本出道作是拜這麼多厲害的人所賜，對我而言是無可取代的珍貴作品。

希望對大家而言，也是重要的一冊。

本書為虛構故事，與實際存在的人物、團體無關。

國家圖書館出版品預行編目(CIP)資料

餘命一年的我，遇見了餘命半年的妳 / 森田碧著；K.K. 譯. -- 初版. -- 臺北市：臺灣東販股份有限公司，2024.04
272 面；14.7 x 21 公分
ISBN 978-626-379-300-2(平裝)

861.57　　113002360

Yomei Ichinen to Senkoku Sareta Boku ga, Yomei Hantoshi no Kimi to Deatta Hanashi
Text Copyright © Ao Morita 2021
Illustrations by Amemura
All rights reserved.
First published in Japan in 2021 by Poplar Publishing Co., Ltd.
Tradtional Chinese translation rights arranged with Poplar Publishing Co., Ltd. through TOHAN CORPORATION, TOKYO.

餘命一年的我，遇見了餘命半年的妳

2024年4月1日　初版第一刷發行

作　　者：森田碧
繪　　者：飴村
譯　　者：K.K.
編　　輯：魏紫庭
發 行 人：若森稔雄
發 行 所：台灣東販股份有限公司
地　　址：105台北市松山區南京東路4段130號2F-1
電　　話：(02)2577-8878
傳　　真：(02)2577-8896
郵撥帳號：14050494
總 經 銷：聯合發行股份有限公司
地　　址：新北市新店區寶橋路235巷6弄6號2樓
電　　話：(02)2917-8022
法律顧問：北辰著作權事務所蕭雄淋律師
電　　話：(02)2367-7575

著作權所有，禁止翻印轉載。
購買本書者，如遇缺頁或裝訂錯誤，請寄回調換（海外地區除外）。
Printed in Taiwan

TOHAN